MW00914740

IMPRESSUM

Joel Voelkel

Hohensteinstr. 43

44866 Bochum

ISBN: 9798861225588

Independently published

j.voelkel0@gmail.com

INHALTSVERZEICHNIS

VORWORT

Willkommen in der zauberhaften Welt der Einschlafgeschichten. In diesem Buch erwartet Sie eine liebevoll zusammengestellte Sammlung von 100 wundervollen Geschichten, die Ihren Kindern dabei helfen werden, sanft ins Land der Träume zu gleiten und ihre Fantasie zu bereichern.

Die Zeit vor dem Zubettgehen ist kostbar - eine Gelegenheit, sich vom Trubel des Tages zu verabschieden und in eine Welt voller Abenteuer, Magie und beruhigender Erfahrungen einzutauchen. Jede Geschichte wurde sorgfältig ausgewählt, um die jungen Leserinnen und Leser auf eine Reise mitzunehmen, die Herzen öffnet und Köpfe mit wundervollen Bildern und Gedanken füllt.

Von fabelhaften Wesen, die in weit entfernten Ländern leben, über mutige Helden, die aufregende Herausforderungen meistern, bis hin zu Tieren, die sprechen können - diese Geschichten sind nicht nur unterhaltsam, sondern auch beruhigend und berührend. Sie sind ein magischer Schlüssel zu einer erholsamen Nachtruhe und schaffen eine wohltuende Atmosphäre, in der sich Ihre Kleinen geborgen fühlen können.

Einschlafgeschichten haben eine einzigartige Kraft, die uns alle in den Schlaf begleitet. Sie beruhigen den Geist, lassen Sorgen verblassen und öffnen die Tür zu süßen Träumen. Für Kinder, die Schwierigkeiten haben, zur Ruhe zu kommen, sind sie eine besondere Hilfe, um die Anspannung des Tages abzubauen und sich auf eine friedliche Nacht vorzubereiten.

Von nun an können Sie gemeinsam mit Ihren Liebsten diese kostbaren Momente vor dem Schlafengehen genießen. Lassen Sie sich in die faszinierenden Welten dieser Geschichten entführen und erleben Sie, wie die Augen Ihrer Kleinen vor Vorfreude leuchten, während sie sich auf eine abenteuerliche Traumreise begeben.

Ich hoffe von Herzen, dass dieses Buch Ihnen und Ihren Kindern viele kuschelige Nächte und unvergessliche Träume beschert. Möge es Ihnen helfen, Ihre eigene Sammlung an liebevollen Erinnerungen und magischen Momenten zu schaffen.

1. DIE ABENTEUER VON LUNA, DEM MONDHÄSCHEN

In einem weit entfernten Winkel des Universums, wo Sterne und Träume miteinander tanzen, lebte Luna, das kleine Mondhäschen. Luna war nicht wie andere Häschen. Sie hatte weiches silbernes Fell und große schimmernde Augen, die im Dunkeln leuchteten.

Jede Nacht, wenn Kinder auf der Erde ins Bett gingen, sprang Luna von Stern zu Stern, sammelte glitzernden Sternenstaub und streute ihn über die Erde. Dieser magische Staub half Kindern, süß zu träumen.

Eines Abends bemerkte Luna einen kleinen Stern, der traurig am Himmelsrand stand. "Warum bist du so traurig?", fragte Luna.

Der kleine Stern antwortete: "Ich fühle mich so allein hier am Himmelsrand. Kein anderes Sternenkind spielt mit mir."

Luna hatte eine Idee. "Wie wäre es, wenn du mich in dieser Nacht begleitest? Wir können zusammen Sternenstaub sammeln und den Kindern schöne Träume bringen."

Der kleine Stern leuchtete vor Freude und gemeinsam zogen sie los. Sie tanzten zwischen den Wolken, schlitterten über Regenbögen und spielten Verstecken hinter Kometen.

Und so verbrachten sie die ganze Nacht damit, Kindern auf der ganzen Welt süße Träume zu bringen. Als die ersten Sonnenstrahlen den Himmel berührten, kehrten Luna und der kleine Stern erschöpft, aber glücklich zu ihrem Platz im Universum zurück.

Von diesem Tag an waren sie die besten Freunde. Und jede Nacht, wenn du hoch zum Himmel schaust und zwei besonders helle Lichter siehst, dann weißt du, dass Luna, das Mondhäschen, und ihr kleiner Sternenfreund über deinen Schlaf wachen und sicherstellen, dass du nur die süßesten Träume hast.

Und so, liebe Kinder, wenn ihr euch in euer Bett kuschelt, denkt an Luna und ihren Sternenfreund, schließt die Augen und lasst euch in die Welt der Träume tragen. Gute Nacht.

2. DAS GEHEIMNIS DER SPRECHENDEN BÄUME

In einem verzauberten Wald, in dem die Sonnenstrahlen nur sanft durch das dichte Blätterdach fielen, gab es einen Baum, den alle "Flüsterweide" nannten. Im Gegensatz zu anderen Bäumen hatte die Flüsterweide etwas Besonderes: Sie konnte sprechen!

Jedes Kind, das in den Wald kam, konnte sich neben die Flüsterweide setzen und ihr seine Sorgen, Träume oder Geschichten erzählen. Die Weide hörte immer geduldig zu und flüsterte weise Ratschläge oder Geschichten aus alten Zeiten zurück.

Eines Tages kam ein kleines Mädchen namens Mia in den Wald. Sie fühlte sich einsam, denn sie war neu in der Stadt und hatte noch keine Freunde gefunden. Als sie sich neben die Flüsterweide setzte, begann sie zu weinen.

"Warum bist du so traurig, kleines Mädchen?", fragte die Flüsterweide sanft.

Mia schaute überrascht auf. "Du kannst sprechen?", fragte sie mit großen Augen.

"Ja, und ich höre dir gerne zu", antwortete die Weide.

Mia erzählte von ihrem Umzug, von ihrer alten Heimat und wie sehr sie ihre Freunde vermisste. Die Flüsterweide hörte aufmerksam zu und nach einer Weile sagte sie: "Manchmal, wenn sich alles verändert, fühlen wir uns verloren. Aber denke daran, dass nach jedem Ende ein neuer Anfang wartet. In diesem Wald gibt es viele freundliche Tiere und andere Kinder. Du bist nicht allein."

Mit diesen Worten fing die Flüsterweide an zu rauschen, und aus dem Wald traten neugierige Tiere und Kinder hervor, die Mia freundlich begrüßten.

Von diesem Tag an kam Mia oft in den Wald, nicht nur um mit der Flüsterweide zu sprechen, sondern auch um mit ihren neuen Freunden zu spielen. Der Wald wurde zu ihrem magischen Zufluchtsort, und die Flüsterweide, mit ihrem endlosen Wissen und ihrer Güte, wurde zur Hüterin ihrer Geheimnisse und Träume.

Und so, Kinder, wenn ihr euch jemals allein oder verloren fühlt, denkt daran, dass es immer einen Ort oder jemanden gibt, der darauf wartet, eure Geschichten zu hören und eure Freunde zu sein. Gute Nacht.

3. DAS GEHEIMNISVOLLE LAND HINTER DEN REGENBOGENFARBEN

Jenseits der Berge, hinter dem fernsten Regenbogen, liegt ein geheimnisvolles Land, das nur wenige je gesehen haben. Es heißt "Iridia".

In Iridia ist jeder Ort nach einer Farbe des Regenbogens benannt. Es gibt das rote Tal, wo riesige Erdbeerbäume wachsen; das orangefarbene Ufer mit seinen glitzernden Sanddünen; das gelbe Feld, das leuchtet wie Gold in der Sonne; das grüne Labyrinth aus immergrünen Hecken; den blauen Wasserfall, der in eine kristallklare Lagune mündet; das indigoblaue Hochland, wo die Sterne in der Dämmerung zum Greifen nah scheinen; und den violett-farbigen Wald, wo magische Blumen bei Mondschein singen.

Eines Tages stolperte Lena, ein mutiges Mädchen mit einer Vorliebe für Abenteuer, über einen verborgenen Pfad, der direkt nach Iridia führte. Sie war erstaunt über die Schönheit, die sie umgab. Doch bald entdeckte sie, dass Iridia ein Problem hatte: Die Farben begannen zu verblassen.

Die Bewohner von Iridia, bunte Wesen, die "Chromatix" genannt wurden, erzählten Lena von einer alten Legende. Vor langer Zeit wurde ein Kristall, das Herz von Iridia, gestohlen und in sieben Teile zerbrochen. Jedes Stück wurde in einer der sieben

Farbzonen versteckt. Ohne das vollständige Herz konnte Iridia nicht in seiner vollen Farbenpracht strahlen.

Mit Entschlossenheit im Herzen machte sich Lena auf die Suche nach den Kristallteilen. Sie begegnete Drachen im roten Tal, tanzte mit den Winden am orangefarbenen Ufer, löste Rätsel im grünen Labyrinth und lauschte den Melodien der singenden Blumen im violett-farbigen Wald.

Nach vielen Abenteuern und mit Hilfe ihrer neuen Freunde, den Chromatix, gelang es Lena, alle Teile des Herzens von Iridia zusammenzuführen. Als sie den Kristall wieder zusammensetzte, strahlten die Farben von Iridia heller und lebendiger als je zuvor.

Mit einem schweren Herzen verabschiedete sich Lena von Iridia und kehrte nach Hause zurück. Doch sie wusste, dass sie jederzeit willkommen war und dass wahre Magie in den einfachsten Dingen liegt, wie der Freundschaft und der Farbenpracht eines Regenbogens.

Und so, liebe Kinder, wenn ihr das nächste Mal einen Regenbogen am Himmel seht, erinnert euch an Iridia und träumt von euren eigenen magischen Abenteuern. Gute Nacht.

4. DAS MAGISCHE UHRWERK DES ZEITMEISTERS

In der Stadt Temporalis tickte es überall. Uhren waren in dieser Stadt nicht nur Zeitanzeiger, sondern das Herzstück des Lebens. An jeder Ecke, in jedem Haus, auf jedem Turm – überall war das Ticken zu hören. Und in der Mitte der Stadt stand der gewaltige Uhrturm des Zeitmeisters.

Der Zeitmeister war ein alter Mann mit einem langen weißen Bart, dessen Haarspitzen die Zeit ergraut hatte. Er trug eine Brille mit dicken Gläsern, durch die er die winzigsten Zahnräder und Federn seiner Uhren betrachten konnte. Er hatte die Aufgabe, dafür zu sorgen, dass in Temporalis immer alles pünktlich lief.

Eines Tages kam ein neugieriger Junge namens Theo in seine Werkstatt. Theo war fasziniert von den vielen Uhren und stellte dem Zeitmeister tausend Fragen. "Was passiert, wenn man die Zeit anhält?" fragte Theo schließlich.

Der Zeitmeister lächelte geheimnisvoll und führte Theo zu einer kleinen, unscheinbaren Uhr am Ende des Raumes. "Dies", sagte er, "ist die Uhr der gestohlenen Momente. Jeder Moment, den man vergisst zu schätzen, wird hier gespeichert."

Er drehte an ihrem Zeiger und plötzlich befanden sich die beiden in einer anderen Welt. Es war eine Art Zwischenraum, gefüllt mit Erinnerungen: Ein Lachen, das nie gehört wurde; ein Sonnenuntergang, den niemand beobachtete; ein Dank, der nie ausgesprochen wurde.

Theo war überwältigt. Er sah Momente aus seinem eigenen Leben, die er übersehen oder vergessen hatte. Er sah, wie er an einem regnerischen Tag mit Freunden in den Pfützen sprang, oder wie seine Großmutter ihm einen Kuchen backte.

Zurück in der Werkstatt sagte der Zeitmeister: "Das Leben besteht aus Momenten, Theo. Manche sind groß, andere klein. Aber alle sind wertvoll. Vergiss nie, sie zu schätzen."

Theo verließ die Werkstatt des Zeitmeisters mit einer neuen Perspektive. Er begann, sich Zeit für die kleinen Dinge zu nehmen, die er zuvor übersehen hatte. Er lernte, jeden Moment zu schätzen und fand heraus, dass das Leben in Temporalis – und überall sonst – wirklich magisch ist, wenn man genau hinschaut.

Und so, liebe Kinder, denkt daran, jeden Moment, jeden Tag zu schätzen. Denn in jedem Ticken einer Uhr verbirgt sich ein kleines Wunder. Gute Nacht.

5. DAS DORF DER SINGENDEN STEINE

Am Fuße eines großen Berges, versteckt zwischen nebelverhangenen Tälern, lag ein kleines Dorf namens Sonorien. Das Besondere an Sonorien waren nicht seine alten Häuser oder seine farbenfrohen Gärten, sondern die Steine, die um das Dorf herum verstreut lagen. Denn diese Steine konnten singen.

Es war nicht irgendein Gesang; es war der Gesang des Herzens. Jeder Stein in Sonorien hatte eine eigene Melodie, die die Gefühle und Erinnerungen eines jeden Einwohners widerspiegelte. Wenn man sein Ohr an einen Stein legte, konnte man die Geschichten hören, die er erzählte.

Eines Tages erreichte ein Mädchen namens Elara das Dorf. Sie war auf der Suche nach ihrer verlorenen Melodie. Sie hatte gehört, dass die singenden Steine von Sonorien denen helfen könnten, die ihre innere Stimme verloren hatten.

Elara wanderte von Stein zu Stein und lauschte ihren Liedern. Sie hörte fröhliche Melodien, traurige Balladen und alles dazwischen. Doch ihre eigene Melodie konnte sie nicht finden.

Am Rande des Dorfes, fast verdeckt von Moos und Gras, entdeckte sie einen kleinen, unscheinbaren Stein. Als sie ihr Ohr daranlegte, hörte sie zuerst Stille, dann aber begann eine leise, zarte Melodie. Es war ihre Melodie, ihr verlorenes Lied.

Ein alter Mann, der Dorfälteste, trat zu ihr. "Manchmal", sagte er, "verstecken sich die tiefsten Gefühle und Erinnerungen in den unscheinbarsten Orten. Dieser Stein hat deine Melodie bewahrt, bis du bereit warst, sie wiederzufinden."

Elara dankte dem alten Mann und verließ Sonorien mit einem Lied im Herzen. Sie erkannte, dass sie ihre Melodie nie wirklich verloren hatte; sie hatte nur vergessen, zuzuhören.

Und so, liebe Kinder, denkt daran: In jedem von uns steckt eine einzigartige Melodie. Manchmal müssen wir nur in uns hineinhören, um sie wiederzufinden. Gute Nacht.

6. DAS GEHEIME LEBEN VON FRAU MÜLLER

In der kleinen Stadt Neustadt, eingebettet zwischen sanften Hügeln und funkelnden Seen, lebte Frau Müller. Auf den ersten Blick führte sie ein normales Alltagsleben: Sie stand früh auf, ging in die Arbeit, erledigte ihre Einkäufe und kehrte abends nach Hause zurück. Doch hinter dieser Fassade verbarg sich ein kleines Geheimnis.

Jeden Morgen, nachdem sie ihre Tasse Kaffee getrunken hatte, setzte Frau Müller ihre alten, aber bequemen Wanderschuhe an und ging in den nahegelegenen Wald. Sie hatte dort einen besonderen Ort, eine kleine Lichtung, auf der ein alter Baumstumpf stand. Dort setzte sie sich hin, holte ein Notizbuch aus ihrer Tasche und begann zu schreiben.

Es waren keine gewöhnlichen Aufzeichnungen oder Tagebucheinträge. Nein, Frau Müller schrieb Geschichten. Geschichten über die Vögel, die über ihr kreisten, die Eichhörnchen, die vorbeihuschten, oder über die geheimnisvollen Geräusche, die manchmal aus dem Inneren des Waldes zu ihr drangen.

Nach der Arbeit besuchte sie oft das kleine Café an der Ecke. Während alle dachten, sie würde nur ihren Tee genießen und in Ruhe die Zeitung lesen, beobachtete sie die Menschen um sich herum. Die junge Mutter, die ihre schlafende Tochter im Arm hielt, der alte Mann, der Schach spielte, oder die Teenager, die kicherten und Neuigkeiten austauschten. Sie alle wurden Protagonisten in Frau Müllers Geschichten.

Eines Tages entdeckte Anna, die Tochter des Cafébesitzers, eines von Frau Müllers Notizbüchern, welches sie auf ihrem Tisch vergessen hatte. Sie war begeistert von den Geschichten und bat Frau Müller um Erlaubnis, einige davon im Café auszustellen.

Zu Frau Müllers Überraschung wurden ihre Geschichten zum Gesprächsthema in Neustadt. Die Menschen kamen ins Café, nicht nur wegen des Kaffees oder des Kuchens, sondern um Frau Müllers Geschichten zu lesen. Sie entdeckten, dass sich hinter dem alltäglichen Leben der Stadt und hinter der ruhigen Fassade von Frau Müller eine ganze Welt voller Magie und Fantasie verbarg.

Und so, liebe Kinder, denkt daran: Jeder von uns hat Geschichten zu erzählen, selbst im scheinbar gewöhnlichsten Alltag. Manchmal müssen wir nur genauer hinsehen und uns die Zeit nehmen, die Magie zu entdecken. Gute Nacht.

7. DAS VERWUNSCHENE TOR

In der kleinen Stadt Turbino gab es einen berühmten Fußballplatz, auf dem sich die Kinder nach der Schule und an den Wochenenden trafen. Doch eine Sache machte diesen Platz besonders: das westliche Tor. Es hieß, dass jeder, der ein Tor in dieses spezielle Netz schießt, einen Wunsch erfüllt bekommt.

Niko, ein junger Fußballbegeisterter, hatte von diesem Mythos gehört, konnte es aber nicht ganz glauben. Jeden Tag nach der Schule übte er auf diesem Platz, zielte immer wieder auf das verwunschene Tor, doch nie mit einem speziellen Wunsch im Hinterkopf. Er liebte einfach das Gefühl, den Ball ins Netz zu schießen.

Eines Tages, während eines besonders intensiven Trainings, näherte sich ihm ein alter Mann. "Du versuchst ständig, ein Tor zu schießen, aber hast du jemals einen Wunsch dabei?", fragte er.

Niko zuckte mit den Schultern. "Ich möchte der beste Fußballspieler sein", antwortete er.

Der alte Mann lächelte. "Das ist kein echter Wunsch. Wünsche kommen von Herzen und betreffen nicht nur dich selbst. Denke darüber nach."

Niko war verwirrt, aber die Worte des alten Mannes blieben ihm im Kopf. Am nächsten Tag, beim Spiel gegen die Nachbarschule, hatte Nikos Team Schwierigkeiten. Sie lagen 2:0 zurück und die Hoffnung schwand. In der Halbzeit erinnerte sich Niko an die Worte des alten Mannes und hatte eine Idee.

Als das Spiel weiterging, spielte er nicht mehr nur für sich selbst.

Er spielte für sein Team, für die Freude am Fußball, für den Geist des Sports. Und als er kurz vor Schluss vor dem verwunschenen Tor stand, hatte er einen klaren Wunsch: Dass sein Team, unabhängig vom Ergebnis, immer den Spaß am Spiel bewahren sollte.

Mit diesem Gedanken schoss er und... Tor! Das Spiel endete 2:1. Sie hatten zwar nicht gewonnen, aber Niko fühlte sich seltsam erfüllt. Nach dem Spiel bemerkte er, dass seine Teamkameraden lachten und Spaß hatten, trotz der Niederlage.

Er verstand nun: Der wahre Zauber des verwunschenen Tores lag nicht darin, Wünsche wahr werden zu lassen, sondern darin, die wahre Bedeutung von Wünschen zu erkennen.

Und so, liebe Kinder, egal ob auf dem Fußballplatz oder im Leben, es sind nicht immer die Siege, die zählen, sondern die Lektionen, die wir auf dem Weg dorthin lernen. Gute Nacht.

8. DAS VERZAUBERTE SOUVENIR

Lina war aufgeregt. Es war Sommer und ihre Familie hatte eine Reise in ein kleines Küstendorf namens Marelia geplant. Sie hatten von seinen goldenen Stränden, azurblauen Meeren und malerischen Straßen gehört. Aber was Marelia wirklich besonders machte, war sein Markt für magische Souvenirs.

Am dritten Tag ihres Aufenthalts schlenderte Lina durch die engen Gassen des Marktes. Zwischen Ständen mit schimmernden Muscheln, duftenden Kräutern und glitzernden Steinen entdeckte sie einen kleinen Stand, der von einer alten Frau mit silbernem Haar und tiefen, weisen Augen geführt wurde. Sie präsentierte eine Auswahl von kleinen Glasflaschen, gefüllt mit tanzenden Lichtern.

"Was sind das für Lichter?", fragte Lina neugierig.

"Das", sagte die alte Frau, "sind eingefangene Sonnenuntergänge von Marelia. Wenn du diese Flasche öffnest, kannst du den Moment eines Sonnenuntergangs erneut erleben, egal wo du bist."

Lina war fasziniert und kaufte eine der Flaschen.

Zurück zu Hause, als der Urlaub zu Ende war und der Schulalltag wieder begann, stellte Lina die Flasche auf ihr Fensterbrett. An einem grauen und regnerischen Tag, als sie sich nach dem Sonnenschein von Marelia sehnte, öffnete sie die Flasche.

Plötzlich erfüllte ein warmes, goldenes Licht ihr Zimmer. Sie konnte das Rauschen des Meeres hören, den salzigen Duft in der Luft riechen und den warmen Sand unter ihren Füßen spüren. Für einen Moment war sie zurück in Marelia, beobachtete den Sonnenuntergang und fühlte die Magie jenes Abends.

Das verzauberte Souvenir war nicht nur eine Erinnerung an ihren Urlaub, sondern auch eine Möglichkeit, die Magie jenes Ortes immer wieder zu erleben.

Und so, liebe Kinder, auch wenn ein Urlaub vorbei ist, bleiben die Erinnerungen und Momente, die wir gesammelt haben, immer bei uns. Sie sind wie magische Souvenirs, die uns an die schönen Zeiten erinnern und uns für einen Moment in ferne Orte entführen können. Gute Nacht.

9. DIE MAGISCHE TAFEL VON KLASSE 5B

In einer kleinen Stadt namens Wissensburg stand die alte Regenbogen-Grundschule, die für ihre steinernen Wände, großen Fenster und knarrenden Holzböden bekannt war. Doch das Besondere an dieser Schule war das Klassenzimmer 5B und seine mysteriöse Tafel.

Jeder, der Klasse 5B betrat, fühlte sich merkwürdig angezogen von der großen, dunklen Tafel, die an der Vorderseite des Zimmers hing. Es war kein Geheimnis, dass diese Tafel anders war: Zeichnungen bewegten sich, Wörter formten sich zu Geschichten, und manchmal, wenn der Mond richtig stand, konnten Schatten darauf tanzen.

Herr Berger, der Klassenlehrer von 5B, wusste von dem Zauber der Tafel. Anstatt sie zu meiden, nutzte er ihre Magie, um den Unterricht lebendiger zu gestalten. Wenn sie Geschichte lernten, würden Bilder der vergangenen Zeiten erscheinen. In Mathematik würden Zahlen in Form von tanzenden Figuren auftauchen, und in Geografie würde sich die Tafel in eine lebendige Karte verwandeln, die den Kindern die Wunder der Welt zeigte.

Eines Tages, als sie über Pflanzenbiologie lernten, zeichnete Herr Berger ein kleines Samenkorn auf die Tafel. Zu ihrer Überraschung keimte es und wuchs zu einem großen Baum heran, voller blühender Blumen und tanzender Schmetterlinge. Das Klassenzimmer füllte sich mit dem Duft von Frühling und dem Kichern von Kindern.

Doch nicht nur im Unterricht zeigte die Tafel ihre Magie. Es war ein Gerücht unter den Schülern, dass, wenn man ein Problem oder eine Frage hatte, man sie nachts auf die Tafel schreiben und am nächsten Morgen eine Antwort finden konnte.

Die Tafel wurde zu einem Symbol der Wunder und Entdeckungen in der Regenbogen-Grundschule. Und obwohl die Kinder älter wurden und die Schule verließen, erinnerten sie sich immer an die Lektionen, die sie von Herrn Berger und der magischen Tafel von Klasse 5B gelernt hatten.

Und so, liebe Kinder, zeigt uns diese Geschichte, dass Lernen nicht nur aus Büchern und Notizen besteht. Es gibt Magie in jedem Moment, und manchmal braucht es nur ein wenig Fantasie, um sie zu entdecken. Gute Nacht.

10. DAS GEHEIME BECKEN DES NEPTUN-SCHWIMMVEREINS

In der Stadt Ozeania, berühmt für ihre glitzernden Seen und rauschenden Flüsse, gab es einen Schwimmverein namens "Neptun". Der Verein hatte viele Mitglieder: Kinder, Jugendliche und Erwachsene, die alle die Leidenschaft für das Schwimmen teilten. Sie trafen sich mehrmals in der Woche, um gemeinsam zu trainieren und sich auf Wettkämpfe vorzubereiten.

Doch neben dem großen Olympiabecken, dem Sprungturm und dem Wellenbad gab es im Neptun-Schwimmbad noch ein weiteres, geheimes Becken. Es war versteckt hinter einer schweren Holztür, die mit Seepferdchen und Muscheln verziert war. Nur wenige wussten von seiner Existenz und noch weniger hatten je darin geschwommen.

Eines Tages, während eines intensiven Trainings, stolperte Lara, eines der jüngsten Mitglieder des Vereins, über einen versteckten Schalter im Umkleideraum. Plötzlich öffnete sich die geheimnisvolle Holztür und enthüllte das geheime Becken. Das Wasser darin schimmerte in den Farben des Regenbogens und kleine Lichtpartikel schwebten in der Luft.

Ohne zu zögern, tauchte Lara in das Wasser und fühlte sich sofort leichter, schneller und kraftvoller. Sie entdeckte, dass dieses Becken die Fähigkeit hatte, die Schwimmfähigkeiten jedes Einzelnen zu verstärken. Begeistert erzählte sie ihren Teamkameraden davon.

Das Geheimnis des Beckens verbreitete sich schnell im Verein. Bald trainierten die Mitglieder regelmäßig in diesem magischen Wasser, und die Ergebnisse waren erstaunlich. Der Neptun-Schwimmverein begann, Wettkämpfe mit einer nie zuvor gesehenen Geschwindigkeit und Geschicklichkeit zu dominieren.

Aber mit der Zeit erkannten sie auch, dass wahre Stärke und Können nicht nur aus dem magischen Becken kamen. Es war die Gemeinschaft, der Zusammenhalt und die harte Arbeit, die sie wirklich zu Champions machte. Das magische Becken wurde zu einem Ort, an dem sie sich entspannen und die Schönheit des Wassers genießen konnten, aber das wahre Training fand im Hauptbecken statt.

Jahre später, als Lara zu einer der besten Schwimmerinnen des Landes wurde, erinnerte sie sich immer an das geheime Becken und die Lektionen, die es ihr beigebracht hatte. Es war nicht die Magie des Wassers, die sie zur Meisterin machte, sondern die Unterstützung ihres Teams und ihr unermüdlicher Einsatz.

Und so, liebe Kinder, zeigt uns diese Geschichte, dass wahre Größe aus Leidenschaft, harter Arbeit und Zusammenhalt kommt, nicht aus geheimen Tricks oder Zaubertränken. Gute Nacht.

11.   DAS ABENTEUER VON MAX UND LINA

In einem kleinen Dorf, umgeben von dichten Wäldern und klaren Bächen, lebten zwei beste Freunde namens Max und Lina. Sie waren unzertrennlich, seit sie sich erinnern konnten. Gemeinsam erlebten sie unzählige Abenteuer: Sie bauten Baumhäuser, erkundeten geheime Höhlen und erfanden Geschichten über fernen Ländern und magischen Wesen.

Eines Tages, während sie am Ufer des Baches spielten, entdeckten sie eine alte, verwitterte Flaschenpost. Neugierig öffneten sie die Flasche und fanden darin eine vergilbte Karte. Die Karte zeigte den Weg zu einem versteckten Schatz, der tief im Wald vergraben war.

Die beiden Freunde waren sofort begeistert und beschlossen, sich auf die Suche nach dem Schatz zu begeben. Mit Rucksäcken, gefüllt mit Proviant und Taschenlampen, machten sie sich auf den Weg.

Während ihrer Reise begegneten sie vielen Herausforderungen: Sie mussten dichte Dornenbüsche durchqueren, eine wilde Stromschnelle überwinden und sogar einem neugierigen Fuchs ausweichen. Aber egal, welche Schwierigkeiten sie auch hatten, Max und Lina gaben nie auf. Sie unterstützten und ermutigten sich gegenseitig und fanden immer einen Weg, um weiterzumachen.

Nach Tagen des Wanderns kamen sie schließlich an den Ort, den die Karte zeigte. Dort, unter einem großen, alten Eichenbaum, entdeckten sie eine kleine Holzkiste. Voller Aufregung öffneten sie die Kiste und fanden darin goldene Münzen, funkelnde Edelsteine und einen alten Brief.

Der Brief erzählte die Geschichte eines alten Piraten, der seinen Schatz vergraben hatte, in der Hoffnung, dass er eines Tages von wahren Freunden gefunden werden würde. Er schrieb, dass der wahre Schatz nicht das Gold oder die Edelsteine waren, sondern die Freundschaft, die während der Suche gestärkt wurde.

Max und Lina lächelten einander an. Sie wussten, dass sie bereits den wahren Schatz gefunden hatten: Ihre unzerbrechliche Freundschaft.

Die beiden Freunde kehrten nach Hause zurück, reicher an Erfahrungen und Abenteuern, und mit einer tieferen Wertschätzung füreinander. Und so, liebe Kinder, zeigt uns diese Geschichte, dass wahre Freundschaft unbezahlbar ist und dass die besten Abenteuer die sind, die wir mit unseren Liebsten teilen. Gute Nacht.

12. DIE FLÜSTERNDEN SEITEN DER BIBLIOTHEK VON FLÜSTERSTADT

In der Flüsterstadt, am Rande eines ruhigen Waldes, stand eine alte Bibliothek, bekannt als die "Flüsternde Bibliothek". Von außen sah sie wie jede andere Bibliothek aus, aber innen verbarg sich ein Geheimnis, das nur wenige kannten.

Die Bibliothek von Flüsterstadt war nicht nur ein Ort, an dem Bücher aufbewahrt wurden; sie war ein Zuhause für flüsternde Geschichten. Wenn man genau hinhörte, konnte man die sanften Stimmen der Bücher hören, die ihre Geschichten flüsterten. Jedes Buch hatte seine eigene Stimme, seine eigene Persönlichkeit.

Clara, eine junge Bibliothekarin, hatte das Privileg, diese Stimmen zu hören. Jeden Tag, wenn die Bibliothek geschlossen war, setzte sie sich in eine ruhige Ecke und lauschte den flüsternden Seiten. Sie hörte Geschichten von fernen Ländern, mutigen Helden und unentdeckten Welten.

Eines Tages, während sie einem besonders alten und verstaubten Buch zuhörte, flüsterte es ihr von einem verlorenen Raum in der Bibliothek, in dem die ältesten und mächtigsten Geschichten aufbewahrt wurden. Getrieben von Neugier machte sich Clara auf die Suche.

Sie durchstöberte jeden Gang, jeden Winkel, bis sie schließlich eine versteckte Tür hinter einem Bücherregal entdeckte. Als sie die Tür öffnete, fand sie einen prächtigen Raum, gefüllt mit goldenen Büchern, die in der Luft schwebten. Diese Bücher flüsterten nicht, sie sangen.

Clara erkannte, dass diese Geschichten nicht nur zur Unterhaltung gedacht waren, sondern auch mächtige Zaubersprüche enthielten. Sie beschloss, diesen Raum geheim zu halten und nur diejenigen hereinzulassen, die den wahren Wert und die Bedeutung von Geschichten erkannten.

Mit der Zeit wurde Clara nicht nur die Hüterin der flüsternden Bücher, sondern auch eine Meisterin der Magie. Sie nutzte ihr Wissen, um Flüsterstadt zu schützen und anderen zu helfen.

Die Bibliothek von Flüsterstadt wurde zu einem Ort der Wunder und Entdeckungen, wo nicht nur Bücher, sondern auch Herzen und Gedanken flüsterten. Und Clara, mit ihrem unermüdlichen Engagement für Geschichten, wurde zu einer Legende in der Stadt.

Und so, liebe Kinder, zeigt uns diese Geschichte, dass Bücher nicht nur Seiten mit Worten sind. Sie sind Tore zu anderen Welten, gefüllt mit Magie, Abenteuern und unbegrenzten Möglichkeiten. Gute Nacht.

13. DAS MAGISCHE BASKETBALL-TURNIER VON BALLSTADT

In der lebhaften Stadt Ballstadt war Basketball nicht nur ein Sport, sondern eine Lebensweise. Jeder Junge, jedes Mädchen, jeder Erwachsene – sie alle liebten das Spiel. Die Plätze waren stets gefüllt, und der Klang springender Bälle war eine ständige Melodie in den Straßen.

Eines Tages erhielt die Stadt eine mysteriöse Einladung zu einem Basketballturnier, veranstaltet von einem unbekannten Organisator. Die Einladung sprach von einem magischen Basketball, der dem Gewinnerteam verliehen werden würde und unvorstellbare Kräfte besaß.

Die Nachricht verbreitete sich schnell, und ein Team aus Ballstadt, genannt die "Ballstadt Blitze", beschloss, am Turnier teilzunehmen. Das Team bestand aus fünf talentierten Spielern: Mia, die stellvertretende Kapitänin mit einer erstaunlichen Trefferquote; Leon, der flinke Point Guard; Sophie, die mit ihren Blocks jeden Gegner einschüchterte; Tom, bekannt für seine schnellen Pässe; und Lukas, der Kapitän und Star des Teams.

Als das Turnier begann, realisierten die Blitze schnell, dass dies kein gewöhnliches Turnier war. Der Ball schien tatsächlich magische Kräfte zu besitzen: Er leuchtete in verschiedenen Farben, bewegte sich manchmal von selbst und machte sogar

Musik, wenn er in den Korb getroffen wurde!

Die Teams, gegen die sie spielten, kamen aus verschiedenen Teilen der Welt und schienen ebenfalls magische Fähigkeiten zu besitzen. Ein Team konnte in der Luft schweben, ein anderes verwandelte sich in Schatten und ein weiteres konnte die Zeit für einige Sekunden anhalten.

Doch trotz der Herausforderungen und der Magie, die sie umgab, ließen sich die Ballstadt Blitze nicht entmutigen. Sie vertrauten auf ihre Fähigkeiten, ihre Strategie und vor allem auf ihre Teamarbeit. Sie erinnerten sich daran, warum sie das Spiel liebten: nicht wegen des Ruhmes oder der Trophäen, sondern wegen der Freude und der Freundschaft.

Das Finale war ein intensives Spiel gegen ein Team namens "Die Magier". Es war ein Kopf-an-Kopf-Rennen, aber schließlich gelang es Lukas, in den letzten Sekunden einen unglaublichen Dreier zu erzielen, der den Sieg für die Blitze sicherte.

Das Team kehrte als Helden nach Ballstadt zurück, nicht nur mit dem magischen Basketball, sondern auch mit unvergesslichen Erinnerungen und einer noch stärkeren Bindung zueinander.

Und so, liebe Kinder, lehrt uns diese Geschichte, dass es, egal wie groß die Herausforderung auch sein mag, immer auf Teamarbeit, Vertrauen und Leidenschaft für das, was man tut, ankommt. Gute Nacht.

14. DER GEHEIMNISVOLLE STRAND VON SONNENBUCHT

In der kleinen Küstenstadt Sonnenbucht gab es einen wunderschönen Strand, der für seine goldene Sandküste und kristallklaren Wellen bekannt war. Die Bewohner und Touristen liebten es, dort ihre Zeit zu verbringen. Doch der Strand hatte ein Geheimnis, das nur wenige kannten.

In einer versteckten Bucht, die von hohen Klippen umgeben war, befand sich ein magischer Abschnitt des Strandes, der nur bei Ebbe sichtbar wurde. Zu diesem geheimen Ort führte ein versteckter Pfad, den nur diejenigen finden konnten, die die Natur wirklich verstanden.

Ein kleiner Junge namens Tim hatte schon oft von diesem geheimen Strandabschnitt gehört und träumte davon, ihn eines Tages zu finden. Tim liebte das Meer mehr als alles andere und verbrachte jede freie Minute am Strand, Muscheln zu sammeln und im Sand zu spielen.

Eines Tages, als die Sonne gerade unterging und das Wasser sich zurückzog, bemerkte Tim einen ungewöhnlichen Glanz zwischen den Felsen. Neugierig folgte er dem Leuchten und entdeckte den versteckten Pfad.

Der Pfad führte ihn zu der geheimen Bucht, und was er dort

fand, war magischer als alles, was er sich vorgestellt hatte. Der Sand schimmerte in allen Farben des Regenbogens, die Wellen sangen sanfte Melodien, und die Muscheln und Steine erzählten Geschichten aus alten Zeiten.

In der Mitte der Bucht stand eine alte, verwitterte Schatztruhe. Tim öffnete sie vorsichtig und fand darin ein goldenes Medaillon mit der Inschrift: "Bewahrer der Sonnenbucht". Er legte es um seinen Hals und spürte sofort eine Verbindung mit dem Meer und dem Strand.

Das Medaillon verlieh Tim die Fähigkeit, mit den Meeresbewohnern zu sprechen und die Geheimnisse des Ozeans zu verstehen. Er wurde zum Hüter des Strandes, beschützte die Tiere und sorgte dafür, dass die Menschen den Strand sauber hielten.

Mit der Zeit wurde Tim ein weiser junger Mann, der sein Wissen über das Meer mit anderen teilte. Der geheime Strand blieb sein besonderer Zufluchtsort, an dem er Ruhe und Inspiration fand.

Und so, liebe Kinder, lehrt uns diese Geschichte, dass die Natur voller Wunder und Geheimnisse ist, die darauf warten, von denen entdeckt zu werden, die bereit sind, genau hinzusehen und zu hören. Gute Nacht.

15.   TIMS TRAUM VOM FLIEGEN

Tim war kein gewöhnlicher Junge. Während andere Kinder von Superhelden oder Drachen träumten, träumte Tim von Flugzeugen. Sein Zimmer war mit Modellen von Jets, Propellermaschinen und sogar Zeppelinen geschmückt. An seiner Wand hingen Poster von Flughäfen, Piloten und blauem Himmel.

Jeden Samstag besuchte er den lokalen Flughafen, setzte sich hinter die Absperrung und beobachtete stundenlang die startenden und landenden Maschinen. Er lauschte dem Dröhnen der Triebwerke und stellte sich vor, wie es wäre, selbst am Steuer zu sitzen.

Eines Tages, während er in seinem gewohnten Spot saß, näherte sich ihm ein älterer Mann. "Du scheinst Flugzeuge wirklich zu lieben", sagte er lächelnd. Der Mann stellte sich als Kapitän Weber vor, ein pensionierter Pilot.

Die beiden freundeten sich schnell an, und Kapitän Weber begann, Tim Geschichten aus seiner Fliegerkarriere zu erzählen. Von turbulenten Flügen über den Atlantik bis hin zu ruhigen Sonnenaufgängen über den Wolken.

Eines Tages machte Kapitän Weber Tim ein unglaubliches Angebot: Er besaß noch immer ein kleines Propellerflugzeug und bot an, Tim auf einen Rundflug mitzunehmen. Tims Herz schlug schneller bei dem Gedanken, endlich den Traum vom Fliegen zu erleben.

Am großen Tag waren Tim und Kapitän Weber schon früh am

kleinen Flugplatz. Nach einer Sicherheitsunterweisung stiegen sie in das Flugzeug. Als die Propeller zu brummen begannen und das Flugzeug die Startbahn entlang rollte, spürte Tim eine Aufregung wie nie zuvor.

Sie stiegen höher und höher, und bald schwebten sie über den Wolken, mit der ganzen Welt unter sich. Tim fühlte sich frei und unbeschwert.

Nach der Landung war Tim sprachlos vor Glück. Er bedankte sich bei Kapitän Weber und wusste in diesem Moment, dass er eines Tages selbst Pilot werden wollte.

Und so begann Tims Reise nicht nur in die Wolken, sondern auch in die Zukunft, geprägt von Abenteuerlust und einer Liebe zum Fliegen, die nie enden würde.

16. DAS GROSSE WALDRENNEN

Im dichten Wald von Grünhain bereiteten sich die Tiere auf das alljährliche große Waldrennen vor. Es war eine Tradition, die Generationen zurückreichte, und jeder im Wald freute sich darauf.

In diesem Jahr waren die Hauptkonkurrenten Hilda, die schnelle Hirschkuh, und Fred, der flinke Fuchs. Beide waren für ihre Geschwindigkeit und Wendigkeit bekannt, aber während Hilda stolz und selbstsicher war, war Fred eher listig und clever.

Am Tag des Rennens versammelten sich alle Tiere an der Startlinie. Die Eule Ottilie, die als Schiedsrichterin fungierte, erklärte die Regeln und betonte, dass Fairness das Wichtigste sei. Mit einem kräftigen Flügelschlag gab sie das Signal, und das Rennen begann!

Hilda nutzte ihre starken Beine und stürmte voraus, während Fred geschickt den Schatten nutzte und versuchte, Energie zu sparen. Das Feld war bunt gemischt: Da war Boris, der Bär, der mit mächtigen Schritten vorankam, und Klara, das Kaninchen, das in schnellen Sprüngen hoppelte.

Während des Rennens gab es viele Überraschungen. Ein Stück weiter stolperte Hilda über einen Ast und verlor wertvolle Sekunden. Fred sah seine Chance und schoss vorbei. Doch kurz darauf geriet er in einen kleinen Bach und musste sich seinen Weg herauskämpfen, während Hilda wieder die Führung übernahm.

In der letzten Runde, nur wenige Meter vor dem Ziel, lagen Hilda und Fred gleichauf. Die Zuschauer jubelten und feuerten ihre Favoriten an. In einem letzten verzweifelten Sprint schossen beide über die Ziellinie. Es war ein totes Rennen!

Die Tiere diskutierten hitzig darüber, wer gewonnen hatte, bis Ottilie Ruhe gebot. "In all den Jahren", sagte sie, "haben wir nie gesehen, dass zwei Tiere so harmonisch und mit solchem Respekt gegeneinander antreten. Deshalb erkläre ich dieses Rennen zu einem Unentschieden und beide zu Siegern!"

Der Wald feierte die Entscheidung und das Rennen wurde als das spannendste in die Geschichte von Grünhain eingetragen. Und so erkannten alle, dass nicht immer das Gewinnen zählt, sondern der Geist des Wettbewerbs und die Freude am Spiel.

17. DER MAGISCHE KLASSENAUSFLUG

Die Klasse 4b konnte es kaum erwarten. Der lang ersehnte Klassenausflug ins Historische Museum der Stadt stand an. Herr Müller, der Geschichtslehrer, hatte versprochen, dass dieser Ausflug besonders aufregend werden würde.

Schon bei der Ankunft im Museum staunten die Kinder über die riesigen Säulen und die beeindruckende Architektur. Nach einer kurzen Einführung durch die Museumsführerin, Frau Schneider, wurden die Kinder in Gruppen aufgeteilt und auf Entdeckungstour geschickt.

Lena, Paul, Mia und Jan bildeten eine Gruppe und entschieden sich, die alte ägyptische Abteilung zu besuchen. Sie waren fasziniert von den Hieroglyphen, Mumien und goldverzierten Sarkophagen. Während sie die Ausstellung betrachteten, entdeckte Jan eine alte, staubige Karte, die halb unter einem Teppich versteckt war.

Neugierig wie sie waren, folgten sie der Karte, die sie zu einer versteckten Tür führte. Als sie diese vorsichtig öffneten, fanden sie sich plötzlich in einem alten ägyptischen Tempel wieder. Es war, als hätten sie eine Zeitreise gemacht!

Sie trafen auf eine ägyptische Prinzessin namens Anaya, die ihnen erzählte, dass sie seit Jahrhunderten auf jemanden gewartet hatte, der ihr helfen könnte, einen verlorenen Schatz zurückzubringen. Die Kinder, abenteuerlustig und mutig, beschlossen, ihr zu helfen.

Nach einigen Rätseln, Fallen und spannenden Momenten gelang es ihnen schließlich, den Schatz zu finden und zurück in den Tempel zu bringen. Dankbar zauberte Anaya ihnen eine goldene Münze als Erinnerung und öffnete ein Portal, das sie zurück ins Museum führte.

Als sie zurückkehrten, merkten sie, dass nur wenige Minuten vergangen waren, obwohl es sich wie Stunden angefühlt hatte. Herr Müller lächelte geheimnisvoll, als er die goldene Münze in Jans Hand bemerkte.

Auf der Rückfahrt sprachen die Kinder begeistert über ihr Abenteuer, obwohl es so unglaublich klang. Aber eines wussten sie sicher: Dies war der beste Klassenausflug, den sie je hatten!

Und so lehrte der Tag die Klasse 4b nicht nur über Geschichte, sondern auch über Mut, Freundschaft und das Wunder der Fantasie.

18. DAS RENNEN DES JAHRHUNDERTS

Das Stadion war gefüllt bis zum letzten Platz. Fans aus der ganzen Welt waren angereist, um das Rennen des Jahrhunderts zu erleben. Es war nicht nur ein normales Autorennen; es war ein Duell zwischen zwei Legenden: Max "Blitz" Bergmann und Sofia "Windschatten" Rodriguez.

Max, mit seinem blauen Rennwagen, war bekannt für seine blitzschnellen Starts und seine beeindruckende Kontrolle in den Kurven. Sofia, im leuchtend roten Wagen, war berühmt für ihre Fähigkeit, Geschwindigkeit aufzubauen und im letzten Moment ihre Gegner zu überholen.

Das Rennen begann mit einem ohrenbetäubenden Lärm. Max schoss sofort nach vorne, aber Sofia hielt sich dicht hinter ihm. Runde für Runde kämpften sie um die Führung, wobei sie das Publikum mit unglaublichen Manövern und haarscharfen Überholungen in Atem hielten.

In der letzten Runde, nur wenige Meter vor dem Ziel, waren Max und Sofia gleichauf. Die Zuschauer hielten den Atem an, als Sofia einen gewagten Zug machte und versuchte, Max in einer scharfen Kurve zu überholen. Es war ein riskantes Manöver, aber sie zog es durch.

Doch Max gab nicht auf. Er nutzte den Windschatten von Sofias Wagen und zog gleichauf. In einem Herzschlagfinale schossen beide über die Ziellinie. Das Publikum brach in Jubel aus, aber niemand wusste genau, wer gewonnen hatte.

Nach langen Minuten der Überprüfung durch die Rennleitung

wurde das Ergebnis verkündet: Es war ein Unentschieden! Das Stadion tobte vor Begeisterung. Max und Sofia stiegen aus ihren Wagen, lächelten sich an und umarmten sich. Es war ein Zeichen des gegenseitigen Respekts.

Das Rennen des Jahrhunderts war nicht nur ein Duell der Geschwindigkeit, sondern auch ein Beweis für Sportsgeist, Fairness und den unbedingten Willen, sein Bestes zu geben. Und obwohl es keinen klaren Sieger gab, waren an diesem Tag alle - Fahrer und Fans - Gewinner.

19. DAS GEHEIMNIS VON LUMINA

Hinter den Bergen, versteckt im Nebel, lag das Zauberland Lumina. Lumina war kein gewöhnliches Land. Die Bäume glitzerten in allen Farben des Regenbogens, die Flüsse waren aus flüssigem Silber und die Vögel sangen Melodien, die Herzen erfreuten.

In Lumina lebte Lila, ein junges Mädchen mit besonderen Fähigkeiten. Mit nur einem Wink ihrer Hand konnte sie Blumen blühen lassen oder Schmetterlinge tanzen lassen. Doch Lila hatte ein Geheimnis: Sie besaß eine magische Kugel, die das Schicksal von Lumina bewahrte.

Eines Tages erschien ein dunkler Schatten am Horizont. Ein Zauberer namens Mordok, der von der Macht der Kugel gehört hatte, kam, um sie zu stehlen und Lumina in ewige Dunkelheit zu stürzen. Aber Lila war entschlossen, ihr Zuhause zu schützen.

Mit Hilfe ihrer Freunde - Finn, dem fliegenden Fuchs, und Elara, der Elfenprinzessin - machte sie sich auf die gefährliche Reise, um ein altes Zauberbuch zu finden, das die Kraft hatte, Mordok zu besiegen.

Die Reise war voller Gefahren. Sie begegneten Drachen, die den Himmel beherrschten, und Irrlichtern, die Reisende in die Irre führten. Doch mit Mut und Zusammenhalt überwanden sie jedes Hindernis.

In einer alten Ruine fanden sie schließlich das Zauberbuch.

Mit den Worten des Buches und der Macht ihrer Freundschaft standen sie Mordok gegenüber. Ein epischer Kampf entbrannte, bei dem der Himmel in leuchtenden Farben explodierte.

Schließlich gelang es Lila, mit einem mächtigen Zauberspruch Mordok zu besiegen und die Dunkelheit zu vertreiben. Lumina erstrahlte heller denn je, und die Magie der Kugel war sicher.

Die Bewohner von Lumina feierten Lila und ihre Freunde als Helden. Doch Lila wusste, dass wahre Magie nicht in Kugeln oder Büchern liegt, sondern in den Herzen von Freunden und dem Mut, für das Gute zu kämpfen.

Und so lebten sie in Lumina, dem Zauberland, wo Träume wahr werden und jedes Ende ein neuer Anfang ist.

20. DAS GEHEIMNISVOLLE GOLFTURNIER

In der kleinen Küstenstadt Windhaven fand jedes Jahr ein besonderes Golfturnier statt, das „Windhaven Wunderturnier". Es hieß, dass dieser Wettbewerb von magischen Kräften beeinflusst wurde, und nur diejenigen mit reinem Herzen konnten siegreich hervorgehen.

Tom, ein junger und talentierter Golfer, hörte von diesem Turnier und entschied sich, daran teilzunehmen. Er hatte schon viele Preise gewonnen und war bekannt für seine präzisen Schläge. Doch das Windhaven Wunderturnier stellte selbst für ihn eine Herausforderung dar.

Beim Turnier angekommen, bemerkte Tom sofort, dass der Golfplatz anders war. Die Löcher bewegten sich von selbst, die Bälle schienen ein Eigenleben zu haben, und der Wind wehte immer genau dann, wenn man ihn am wenigsten erwartete.

In der ersten Runde führte Tom das Leaderboard an. Aber er merkte schnell, dass es nicht nur um Geschick ging. Nach jedem Loch erschien eine kleine Prüfung oder Rätsel, die er lösen musste. Einmal musste er einem verirrten Vogel helfen, ein anderes Mal einen verzauberten Ball aus einem Teich fischen.

Als die letzte Runde anbrach, lag Tom gleichauf mit einer älteren Golferin namens Mrs. Maple. Sie war keine Profispielerin, aber sie hatte eine ruhige Hand und ein großes Herz. Im letzten Loch, einem besonders schwierigen Par 3, traf Tom den Ball perfekt, aber er landete in einem Sandbunker.

Mrs. Maple, anstatt sich auf ihren eigenen Schlag zu konzentrieren, kam zu Tom und gab ihm einen Rat, wie er aus dem Bunker herauskommen könne. Dank ihrer Hilfe gelang es Tom, ein Birdie zu spielen und das Turnier zu gewinnen.

Bei der Siegerehrung sagte Tom: „Ich habe heute nicht nur Golf gespielt, sondern auch wertvolle Lektionen über Freundschaft, Hilfsbereitschaft und den wahren Geist des Wettbewerbs gelernt."

Das Windhaven Wunderturnier war nicht nur ein Golfspiel. Es war eine Reise der Selbstentdeckung, bei der die Spieler lernten, dass wahre Siege im Herzen liegen und nicht nur auf dem Scoreboard.

21. DAS HERZ DES BANKIERS

In der geschäftigen Stadt Zephyria arbeitete Herr Moritz Berger als leitender Bankier in der größten Bank der Stadt. Er war bekannt für seine strenge Art, seinen scharfen Anzug und seine nie endende Begeisterung für Zahlen. Viele sahen in ihm nur den ernsten Bankier, der mit Geld umgehen konnte, aber nicht mit Menschen.

Eines Tages betrat eine junge Frau namens Clara die Bank. Sie kam, um einen kleinen Kredit für ihr neues Geschäft zu beantragen, einen Buchladen für Kinder. Während viele Bankiers sie abgewiesen hätten, da sie keine Sicherheiten vorweisen konnte, war es etwas an ihrer Leidenschaft und ihrer Vision, das Herrn Berger berührte.

Er beschloss, ihr zuzuhören. Clara erzählte von ihrer Liebe zu Büchern und wie sie Kindern helfen wollte, die Magie des Lesens zu entdecken. Sie sprach von Geschichten, die Träume inspirieren und den Glauben an Wunder wiederbeleben.

Zu Claras Überraschung genehmigte Herr Berger nicht nur ihren Kredit, sondern bot auch an, ihr bei der Geschäftsplanung zu helfen. Abends, nach Bankstunden, arbeiteten sie zusammen, wobei Clara ihre kreativen Ideen einbrachte und Herr Berger seine finanzielle Expertise.

Monate vergingen, und Claras Buchladen wurde eröffnet. Es war ein magischer Ort, gefüllt mit Bücherregalen, gemütlichen Leseecken und Kindern, die mit leuchtenden Augen Geschichten lauschten.

Die Leute waren überrascht, als sie sahen, wie der strenge Bankier regelmäßig den Buchladen besuchte und Geschichten für Kinder vorlas. Es stellte sich heraus, dass Herr Berger in seiner Jugend von Büchern geträumt hatte und es war Claras Leidenschaft, die seine eigene Liebe zum Lesen wiederbelebt hatte.

Die Geschichte von Herrn Berger und Clara wurde in Zephyria legendär. Sie erinnerte die Menschen daran, dass hinter jeder geschäftlichen Fassade ein Herz schlägt, das von Träumen, Leidenschaften und Erinnerungen anhält. Und manchmal braucht es nur einen Funken, um dieses Herz wieder zum Leuchten zu bringen.

22.   DER TRAUM DES KLEINEN LUKAS

Lukas war ein 10-jähriger Junge mit einem großen Traum: Er wollte eines Tages bei den Olympischen Spielen antreten. Doch anstatt von einem bestimmten Sport zu träumen, war Lukas fasziniert von allen Sportarten. Er bewunderte die Ausdauer von Marathonläufern, die Geschwindigkeit von Sprintern, die Stärke von Gewichthebern und die Eleganz von Turnern.

Jeden Tag nach der Schule rannte er zum örtlichen Sportzentrum und probierte eine andere Sportart aus. Montags war es Schwimmen, dienstags Basketball, mittwochs Tischtennis, und so weiter. Die Trainer waren beeindruckt von seiner Begeisterung, aber sie waren oft besorgt, dass er sich zu sehr verzettelte.

Eines Tages, während eines Leichtathletiktrainings, bemerkte die Trainerin Frau Müller Lukas' Talent für den Zehnkampf. Der Zehnkampf war die perfekte Disziplin für jemanden, der so viele verschiedene Sportarten liebte. Es kombinierte Laufen, Springen und Werfen in einem einzigen Wettkampf.

Unter Frau Müllers Anleitung begann Lukas, sich auf den Zehnkampf zu spezialisieren. Er trainierte hart, verbesserte seine Techniken und lernte die Kunst, sich für die zehn verschiedenen Disziplinen richtig vorzubereiten.

Jahre vergingen, und Lukas' Traum wurde wahr. Er qualifizierte sich für die Olympischen Spiele und vertrat sein Land im Zehnkampf. Obwohl er nicht die Goldmedaille gewann, wurde er für seinen Sportsgeist, seine Ausdauer und seine Vielseitigkeit gefeiert.

Nach den Spielen kehrte Lukas nach Hause zurück und wurde ein Trainer, der jungen Athleten beibrachte, ihre Leidenschaft zu finden und ihren eigenen Weg im Sport zu gehen. Seine Botschaft war klar: Es geht nicht immer darum, der Beste in einer Sache zu sein, sondern darum, das Beste aus dem zu machen, was man liebt.

Und so wurde Lukas' Geschichte eine Inspiration für alle, die träumten, eines Tages groß im Sport zu werden, egal welche Disziplin sie wählten.

23. DAS GEHEIMNIS DES MITTERNACHTSZUGE S

In der Stadt Aleria erzählte man sich Geschichten über einen Zug, der nur einmal im Jahr, genau um Mitternacht, am alten Bahnhof von Aleria hielt. Dieser Zug wurde als der Mitternachtszug bekannt und war von einem geheimnisvollen Nebel umgeben.

Niemand wusste, woher der Zug kam oder wohin er fuhr, denn niemand war je an Bord gegangen und zurückgekehrt, um davon zu berichten.

Eines Tages entschied sich ein mutiger Junge namens Theo, das Geheimnis des Mitternachtszuges zu lüften. Mit einer Taschenlampe und einem Rucksack voller Proviant machte er sich auf den Weg zum Bahnhof.

Pünktlich um Mitternacht hörte er das ferne Pfeifen des Zuges. Als der Zug zum Halten kam, stieg Theo zögerlich ein. Er fand sich in einem prächtigen Waggon wieder, gefüllt mit goldenen Sitzen und funkelnden Kronleuchtern. Seltsamerweise war der Zug leer, abgesehen von einer freundlich lächelnden Schaffnerin.

„Willkommen an Bord des Mitternachtszuges", sagte sie. „Dies ist kein gewöhnlicher Zug. Er bringt dich zu den Erinnerungen, die du verloren glaubst."

Theo verstand zuerst nicht, was sie meinte. Aber als der Zug losfuhr, begannen die Fenster des Zuges, Szenen aus Theos Vergangenheit zu zeigen: sein erstes Fahrrad, der Tag, an dem er im See schwimmen lernte, und viele andere schöne Erinnerungen.

Als der Zug schließlich anhielt, fand sich Theo an einem Ort wieder, den er vergessen hatte: dem alten Haus seiner Großeltern, wo er als Kind viele Sommer verbracht hatte.

Nach einem herzlichen Wiedersehen mit seinen Großeltern und einem Tag voller Erinnerungen brachte der Mitternachtszug Theo zurück nach Aleria.

Theo kehrte mit einer Erkenntnis zurück: Manchmal sind die schönsten Reisen diejenigen, die uns zurück zu uns selbst führen.

Und obwohl die Bewohner von Aleria immer noch Rätsel über den Mitternachtszug rätselten, lächelte Theo jedes Mal geheimnisvoll, wenn er die Geschichte hörte, denn er kannte nun das wahre Geheimnis des Zuges.

24. DER FLÜSTERNDE ZIRKUS

In einem kleinen Dorf, umgeben von endlosen Wäldern und verschlungenen Wegen, reiste einst der Flüsternde Zirkus an. Dieser Zirkus war nicht wie jeder andere. Er trug seinen Namen, weil er niemals laute Musik spielte oder mit grellen Lichtern glänzte. Stattdessen war alles in einem sanften, beinahe magischen Glanz gehüllt.

Der Direktor des Zirkus war ein alter Mann namens Meister Alaric. Er trug einen funkelnden Umhang und hatte stets ein rätselhaftes Lächeln im Gesicht. Meister Alaric hatte die besondere Gabe, mit Tieren zu sprechen. Diese Fähigkeit hatte er an alle Artisten des Zirkus weitergegeben.

Die Akrobaten tanzten nicht nur in der Luft, sondern flüsterten auch mit den Vögeln, die um sie herumflatterten. Die Jongleure warfen keine gewöhnlichen Bälle, sondern funkelnde Sterne, und sie kommunizierten mit dem Wind, damit er ihnen half, die Sterne in der Luft zu halten.

Am beeindruckendsten war jedoch die Vorstellung der Elefanten. Diese riesigen Kreaturen tanzten sanft zu der Melodie, die die Blätter des Waldes flüsterten.

Eines Abends, nach einer Vorstellung, näherte sich ein junges Mädchen namens Lina Meister Alaric. Sie bat ihn, ihr das Flüstern beizubringen. Sie wollte lernen, mit den Blumen in ihrem Garten zu sprechen.

Meister Alaric, beeindruckt von Linas reiner Neugier, stimmte zu. Nach mehreren Nächten des Lernens und Übens konnte Lina schließlich mit den Rosen, Tulpen und Gänseblümchen in ihrem Garten flüstern.

Als der Flüsternde Zirkus das Dorf verließ, hinterließ er nicht nur Staunen und Erinnerungen, sondern auch eine tiefere Verbindung zwischen den Dorfbewohnern und der Natur um sie herum. Lina, inspiriert von ihrer Begegnung mit Meister Alaric, wurde die Hüterin des Dorfes und lehrte jeden, der lernen wollte, das geheime Flüstern der Welt um sie herum.

Und so, Jahre später, wurde das kleine Dorf bekannt als der Ort, an dem nicht nur Menschen, sondern auch Blumen, Bäume und Tiere Geschichten erzählen konnten, wenn man nur genau hinhörte.

25. DER UNSICHTBARE PFAD DES MAGIERS

In einem abgelegenen Dorf, versteckt zwischen nebelverhangenen Bergen, lebte Elrik, ein alter Zauberer. Elrik war bekannt für seine magischen Fähigkeiten, doch sein größter Schatz war nicht ein Zauberstab oder ein magisches Elixier. Es war ein uraltes Buch mit dem Titel "Der Unsichtbare Pfad".

Die Dorfbewohner waren neugierig auf dieses Buch, denn jeder, der es las, verschwand für einige Zeit und kehrte dann verändert zurück, mit einem tiefen Glanz in den Augen und einer erneuerten Lebensfreude.

Eines Tages entschied sich Lilly, eine junge und abenteuerlustige Bewohnerin des Dorfes, Elrik aufzusuchen und das Geheimnis des Buches zu lüften. Mit zögernden Händen öffnete sie das Buch und fand darin keine Worte, sondern nur schimmernde Seiten, die wie ein Spiegel wirkten.

Als Lilly hineinschaute, sah sie sich selbst in vielen verschiedenen Lebensphasen: als Kind, das spielerisch die Welt entdeckte, als Jugendliche, die mit Herausforderungen konfrontiert war, und als ältere Frau, die auf ein erfülltes Leben zurückblickte.

Lilly verstand, dass "Der Unsichtbare Pfad" kein gewöhnliches Buch war. Es ermöglichte dem Leser, in die Tiefen seiner eigenen Seele zu blicken, die Höhen und Tiefen des Lebens zu erkennen und die Magie in jedem Moment zu sehen.

Als sie aus ihrer Trance erwachte, sah Elrik sie an und sagte: "Die wahre Magie, Lilly, liegt nicht in Zaubertricks oder Elixieren. Sie liegt in der Erkenntnis, dass jeder Moment, jede Begegnung und jede Erfahrung Teil des unsichtbaren Pfades ist, den wir alle beschreiten."

Lilly verließ Elriks Hütte mit einer erneuerten Wertschätzung für das Leben. Sie erkannte, dass wahre Magie darin besteht, das Wunderbare im Alltäglichen zu sehen und jeden Moment als Teil des großen Abenteuers des Lebens zu schätzen.

Und so wurde Elriks Buch, obwohl es niemals Worte enthielt, zur berühmtesten Erzählung des Dorfes – eine Geschichte, die jeder in seinem Herzen trug und die die Kunst lehrte, das Leben in all seiner Magie zu sehen.

26. DAS RÄTSELHAFTE SCHIFF VON NEBELHAFEN

In einem kleinen Küstenstädtchen namens Nebelhafen erzählten die Alten Geschichten über ein rätselhaftes Schiff, das nur in mondlosen Nächten erschien. Das Schiff, bekannt als "Der Geistersegler", war ganz in Weiß gehalten und segelte lautlos durch die dunklen Wellen.

Eines Abends, als der Nebel dichter war als je zuvor, beschloss ein junger Fischer namens Finn, das Geheimnis dieses Schiffs zu lüften. Mit einer Laterne und seinem Mut ausgestattet, ruderte er hinaus in die offene See, um das Geisterschiff zu finden.

Als die Uhr Mitternacht schlug, tauchte plötzlich das strahlend weiße Schiff vor ihm auf. Es bewegte sich ohne sichtbare Crew, nur das Knarren des Holzes und das Flüstern der Segel waren zu hören. Finn, von Neugier getrieben, kletterte an Bord.

Das Deck war verlassen, aber im Inneren des Schiffes fand er eine wunderschöne Halle, in deren Mitte ein alter Kompass stand. Der Kompass zeigte nicht nach Norden, sondern schien in ständiger Bewegung zu sein, als würde er von einer unsichtbaren Kraft gezogen.

Finn berührte den Kompass vorsichtig und plötzlich wurde er von Bildern überflutet. Er sah das Schiff in seiner Blütezeit, gefüllt mit lachenden Seeleuten und wertvollen Schätzen. Er sah es durch Stürme segeln und ferne Länder entdecken. Und schließlich sah er den Kapitän, einen älteren Mann mit einer traurigen Miene, der den Kompass fest in der Hand hielt.

Als die Visionen endeten, stand der Kapitän des Geisterschiffs vor Finn. "Dieses Schiff", sagte er, "ist ein Gefäß der Erinnerungen. Ich habe mein Leben lang die Meere bereist und diesen Kompass benutzt, um immer wieder nach Hause zu finden. Nach meinem Tod wurde das Schiff zu einem Geistersegler, der ewig auf der Suche nach seinem Hafen ist."

Finn, berührt von der Geschichte, nahm den Kompass und wünschte sich, dass das Schiff seinen Frieden finden möge. Als er die Augen öffnete, war er zurück in seinem Boot, das Geisterschiff war verschwunden, und der Kompass in seiner Hand zeigte nun stetig gen Norden.

Finn kehrte nach Nebelhafen zurück und erzählte die Geschichte des Geisterschiffs. Und obwohl es nie wieder gesehen wurde, wurde es zur Legende des Städtchens – eine Erinnerung daran, dass jeder von uns einen Ort hat, zu dem er immer zurückkehren kann.

27.   DAS MATCH
DES JAHRHUNDERTS

In der kleinen Stadt Sturmfeld war Tennis nicht nur ein Sport, sondern eine Tradition. Jedes Jahr fand das "Sturmfeld Open" statt, ein Tennisturnier, bei dem die besten Spieler des Landes gegeneinander antraten. Doch das diesjährige Turnier sollte etwas ganz Besonderes werden.

Lena, eine talentierte junge Spielerin aus Sturmfeld, hatte es bis ins Finale geschafft. Sie hatte jahrelang trainiert und träumte davon, das Turnier zu gewinnen. Ihr Gegner im Finale war jedoch niemand anderes als Viktor, der amtierende Champion und unangefochtene Star des Tennis in Sturmfeld.

Das ganze Dorf war versammelt, die Atmosphäre elektrisch geladen. Viktor, bekannt für seine kraftvollen Aufschläge und schnellen Reflexe, war der klare Favorit. Aber Lena hatte eine Geheimwaffe: ihre unglaubliche Ausdauer und ihre Fähigkeit, das Spiel ihrer Gegner zu lesen.

Das Match begann mit einem Paukenschlag. Viktor punktete schnell mit einigen brillanten Aufschlägen. Doch Lena ließ sich nicht entmutigen. Mit jeder Runde gewann sie an Selbstvertrauen und begann, Viktor mit geschickten Manövern und präzisen Schlägen zu überraschen.

Die Zuschauer waren fasziniert. Jeder Ballwechsel wurde von begeisterten Ausrufen und angespannten Atemzügen begleitet. Lena und Viktor lieferten sich ein Kopf-an-Kopf-Rennen, das die Spannung bis zum letzten Punkt aufrechterhielt.

Im entscheidenden Satz, beim Stand von 6-6, fand sich Lena

im Tie-Break wieder. Viktor führte schnell 5-2, und alles schien vorbei zu sein. Aber Lena gab nicht auf. Mit unglaublicher Entschlossenheit und Konzentration holte sie Punkt für Punkt auf, bis sie schließlich mit 7-6 in Führung ging.

Der Matchball war ein epischer Ballwechsel, bei dem beide Spieler alles gaben. Schließlich, nach einem fast endlos erscheinenden Hin und Her, schlug Lena den Ball mit einem perfekten Lob über Viktors Kopf. Er konnte nur noch zusehen, wie der Ball im Feld aufprallte. Lena hatte gewonnen!

Der Applaus war ohrenbetäubend. Lena, überwältigt von Emotionen, sank auf die Knie, während Viktor sie sportlich umarmte und gratulierte. Dieses Match ging als das "Match des Jahrhunderts" in die Geschichte von Sturmfeld ein und bewies, dass mit Entschlossenheit, Talent und Herz alles möglich ist.

28. DER MOND DER VERLORENEN TRÄUME

Es war einmal ein kleiner Mond namens Milo. Er war kein gewöhnlicher Mond, denn in ihm verbarg sich ein Geheimnis: Er bewahrte die verlorenen Träume der Kinder auf.

Jede Nacht, wenn ein Kind seinen Traum vergaß, nahm Milo ihn behutsam auf und bewahrte ihn in seinem inneren Glanz. Von weitem leuchtete er dann besonders hell und funkelte in den verschiedensten Farben.

Eines Tages kam eine kleine Sternschnuppe namens Stella zu Milo geflogen. "Warum leuchtest du so hell?", fragte sie neugierig.

Milo antwortete: "Ich bewahre die verlorenen Träume der Kinder auf. Aber ich wünsche mir, dass jedes Kind seinen Traum zurückbekommt."

Stella hatte eine Idee. "Vielleicht kann ich helfen!", sagte sie fröhlich. "Wenn ein Kind sich etwas wünscht und dabei eine Sternschnuppe sieht, kann ich den Traum zurückbringen!"

Die beiden wurden schnell Freunde und arbeiteten jede Nacht zusammen. Wenn ein Kind nachts aufwachte und traurig darüber war, dass es seinen Traum vergessen hatte, wünschte es sich beim Anblick einer Sternschnuppe, seinen Traum zurückzubekommen.

Stella flog dann zu Milo, schnappte sich den verlorenen Traum und brachte ihn zurück zum schlafenden Kind. Die Träume kehrten zurück als wunderbare, bunte und frohe Erinnerungen, die die Kinder am Morgen mit einem Lächeln aufwachten.

Jede Nacht wanderten Milo und Stella am Himmel, ein Team, das dafür sorgte, dass kein Traum je wieder verloren ging. Und so, wenn du das nächste Mal eine Sternschnuppe siehst und dir etwas wünschst, denk daran, dass vielleicht irgendwo ein Traum auf seine Rückkehr wartet. Und mit der Hilfe von Milo und Stella wird er sicherlich seinen Weg zurückfinden.

Schlaf jetzt gut, träum süß und vergiss nicht: Jeder Traum ist etwas Besonderes.

29. DIE FLIEGENDE INSEL VON LULALU

In einem weit entfernten Ozean, jenseits der höchsten Berge und tiefsten Täler, schwebte die Insel Lulalu. Ja, du hast richtig gehört, schwebte! Lulalu war keine gewöhnliche Insel, sie konnte fliegen!

Diese magische Insel war von flauschigen rosa Wolken umgeben und wurde von einem riesigen, farbenfrohen Schmetterling gezogen. Auf Lulalu wuchsen Bäume mit bonbonfarbenen Blättern und glitzernden Früchten.

Eines Tages kam ein kleines Mädchen namens Lina auf die Idee, die Welt unter Lulalu zu erkunden. Sie bestieg ein Boot aus geflochtenen Regenbögen und segelte mutig nach unten.

Unter Lulalu entdeckte sie das klare, blaugrüne Meer, das wie ein riesiger, funkelnder Spiegel aussah. Fasziniert tauchte sie ein und fand eine Unterwasserstadt aus Kristall und Perlen. Die Fische trugen Kronen und sangen Lieder, während Seepferdchen um sie herumtanzten.

Als Lina wieder auftauchte, erkannte sie, dass die Insel weitergezogen war. Wie sollte sie jetzt zurück?

Da tauchte der riesige Schmetterling auf und bot Lina an, auf seinem Rücken zu fliegen. Zusammen flogen sie durch Wolken aus Zuckerwatte und über Meere aus Limonade, bis sie Lulalu wieder erreichten.

Lina erzählte den Bewohnern von ihren Abenteuern und wurde zur Heldenreisenden von Lulalu. Von diesem Tag an segelten die Kinder der Insel regelmäßig in die Tiefen des Ozeans und erforschten neue Wunder, immer sicher, dass der Schmetterling sie wieder nach Hause bringen würde.

So endet die Geschichte von Lulalu und Lina, einer Insel, die lehrte, dass Abenteuer manchmal genau unter unserer Nase liegen. Schlaf nun ein und träume von deinen eigenen Abenteuern in einer Welt voller Magie.

30. IM LAND DER FLIEGENDEN KISSEN

Es war einmal ein wunderbares Land namens Kuschelheim, wo die Kissen fliegen konnten. Ja, genau! Jedes Kissen hatte kleine bunte Flügel und schwebte fröhlich in der Luft herum.

Emil, ein kleiner Junge, fand heraus, dass er durch einen Traum nach Kuschelheim reisen konnte. In seinem ersten Besuch war er erstaunt, die Kissen am Himmel tanzen zu sehen. Ein besonders freundliches Kissen mit Sternenmuster kam herab und sagte: "Hallo Emil! Möchtest du fliegen?"

Natürlich wollte Emil fliegen! Er legte sich auf das Kissen, und es hob sanft ab. Die Welt sah von oben so zauberhaft aus. Er flog über Wälder aus Teddybären, Flüsse aus heißer Schokolade und Berge aus Decken.

Nach einer Weile trafen sie Luna, das Mondkissen. Luna leuchtete sanft und lud Emil zu einer Kuschelparty ein. Die fliegenden Kissen sammelten sich um Luna, und sie alle sangen Lieder, die so süß und beruhigend waren, dass Emil fast einschlief.

Nach der Kuschelparty brachte das Sternenkissen Emil zurück. "Jedes Mal, wenn du schlafen möchtest, denke an Kuschelheim, und du kannst uns besuchen", flüsterte das Kissen.

Emil erwachte in seinem Bett, umgeben von seinen eigenen Kissen. Er schloss seine Augen, lächelte und wusste, dass er jederzeit ins wunderbare Land der fliegenden Kissen zurückkehren konnte.

Und so, jedes Mal wenn Emil ins Bett ging, freute er sich auf sein nächstes Abenteuer in Kuschelheim, dem Land, wo Träume wahr werden.

31. DAS DORF DER TANZENDEN SCHUHE

Tief im Wald, versteckt hinter dichten Bäumen und funkelnden Seen, lag eine kleine Stadt namens "Schuhstadt". Aber diese Stadt war kein gewöhnlicher Ort. In Schuhstadt lebten keine Menschen oder Tiere, sondern Schuhe!

Ja, Schuhe aller Art: Stiefel, Ballerinas, Turnschuhe, Sandalen und viele mehr. Und das Besondere an ihnen war, dass sie alle tanzten! Jeden Abend, wenn der Mond am Himmel aufging, begannen sie miteinander zu tanzen, ihre Sohlen klatschten rhythmisch auf den Boden, und sie drehten und wirbelten herum.

Eines Tages kam Marie, ein kleines Mädchen, beim Spielen im Wald nach Schuhstadt. Sie war erstaunt, die tanzenden Schuhe zu sehen und klatschte vor Freude in die Hände. Ein freundlicher Turnschuh kam zu ihr und sagte: "Hallo Marie! Möchtest du mit uns tanzen?"

Marie war zuerst etwas zögerlich, aber dann dachte sie: "Warum nicht?" Sie zog ihre eigenen Schuhe aus und setzte sich auf einen Baumstumpf. Zu ihrer Überraschung begannen auch ihre Schuhe zu tanzen!

Die Schuhe führten Marie in den Mittelpunkt der Stadt, wo ein großer Ball stattfand. Es gab Musik, die aus einer alten Jukebox kam, und Marie lachte und tanzte mit den Schuhen die ganze Nacht.

Als der Morgen anbrach, waren die Schuhe müde und legten sich zum Ausruhen hin. Marie zog ihre eigenen Schuhe an, die jetzt ein wenig glücklicher aussahen, und machte sich auf den Weg nach Hause.

Zuhause erzählte sie ihren Eltern von ihrem Abenteuer. Obwohl sie ihr nicht ganz glaubten, bemerkten sie, dass Maries Schuhe jetzt immer ein kleines bisschen wippten, wann immer Musik gespielt wurde.

Und so erinnerte sich Marie immer an die wunderbare Stadt der tanzenden Schuhe und daran, dass es im Leben immer einen Grund zum Tanzen gibt, egal wo man ist.

32. DAS MEER DER SINGENDEN FISCHE

Am Rand einer kleinen Küstenstadt lag ein ganz besonderes Meer. Es war nicht nur wegen seiner funkelnden Wellen oder goldenen Sandstrände bekannt, sondern wegen seiner singenden Fische.

Jeder Morgen, kurz nach Sonnenaufgang, begannen die Fische ihre Melodien zu singen. Es war eine zauberhafte Musik, die jeden in der Stadt weckte. Von den leisen Flötentönen der kleinen Goldfische bis zu den tiefen Bassklängen der großen Wale, das Meer war voller Lieder.

Ein kleines Mädchen namens Clara war besonders fasziniert von diesen singenden Fischen. Jeden Morgen, noch bevor die Sonne ganz aufgegangen war, rannte sie zum Strand, um den Fischen zuzuhören.

Eines Tages, während Clara am Ufer saß und lauschte, schwamm ein glänzender blauer Fisch zu ihr heran. "Hallo Clara", sang der Fisch, "möchtest du wissen, warum wir singen?"

"Oh ja, bitte!", antwortete Clara neugierig.

"Wir singen, um das Meer und den Himmel miteinander zu verbinden. Unsere Lieder tragen unsere Träume und Wünsche hinauf zu den Sternen", erklärte der blaue Fisch.

Clara war tief berührt. Sie beschloss, jeden Tag ein Lied für die Fische zu singen. Und so saß sie am Strand, ihre Stimme vermischte sich mit den Melodien der Fische, und gemeinsam sangen sie für das Universum.

Die Tage vergingen, und die Geschichte von Clara und ihrem Lied für die Fische wurde in der ganzen Stadt bekannt. Bald kamen Menschen von überall her, um dem Mädchen und den Fischen zuzuhören.

Und so wurde die kleine Küstenstadt zu einem Ort der Musik und der Träume, wo das Meer und der Himmel durch Lieder verbunden waren und jeder Tag mit einem Lied begann.

33. DIE BIBLIOTHEK DER SPRECHENDEN BÜCHER

In einer kleinen Stadt am Fuße eines grünen Hügels gab es eine besondere Bibliothek. Es war kein gewöhnlicher Ort mit stillen Regalen und leisen Lesesälen. Diese Bibliothek war voller sprechender Bücher!

Jedes Buch hatte eine eigene Stimme und Persönlichkeit. Einige waren schüchtern und flüsterten ihre Geschichten, während andere laut und stolz waren und ihre Abenteuer laut verkündeten. Es gab Bücher, die lachten, Bücher, die sangen und Bücher, die rätselhafte Rätsel stellten.

Elias, ein junger Bücherwurm, liebte es, seine Nachmittage in dieser magischen Bibliothek zu verbringen. Er würde ein Buch aus dem Regal nehmen, es sanft öffnen und lauschen, was es zu erzählen hatte.

Eines Tages, während er in einer ruhigen Ecke saß, hörte er ein leises Schluchzen. Er folgte dem Geräusch und fand ein kleines, verstaubtes Buch, das traurig aussah. "Was ist los?", fragte Elias.

"Ich bin so alt und niemand will meine Geschichte hören", antwortete das Buch mit tränenerstickter Stimme.

Elias lächelte und sagte: "Ich möchte deine Geschichte hören." Er setzte sich hin und lauschte, wie das Buch von vergangenen

Zeiten, mutigen Helden und fernen Ländern erzählte.

Als die Geschichte zu Ende war, dankte Elias dem Buch und stellte es zurück ins Regal. Doch von diesem Tag an hatte das Buch nie wieder das Gefühl, allein zu sein.

Die Nachricht von Elias' Güte verbreitete sich in der Bibliothek, und jedes Mal, wenn er kam, eilten die Bücher, um ihm ihre Geschichten zu erzählen.

Und so wurde Elias nicht nur der beste Freund der Bücher, sondern auch der Hüter ihrer Geschichten, und die Bibliothek wurde zu einem Ort, an dem jedes Buch gehört und geliebt wurde.

34. DER REGENSCHIRMWALD VON LUMELLA

Jenseits der Wolken, auf einem schwebenden Kontinent, befand sich der Regenschirmwald von Lumella. Anstelle von Bäumen wuchsen riesige, farbenfrohe Regenschirme aus dem Boden. Jeder Regenschirm pulsierte mit einem sanften Licht und schützte das Land darunter vor dem immerwährenden Sternenregen, der vom Himmel fiel.

Mitten im Regenschirmwald lebte Amara, ein Mädchen mit Haaren, die wie flüssiges Gold schimmerten. Amara hatte die einzigartige Fähigkeit, mit den Regenschirmen zu kommunizieren. Sie sang Lieder, und die Regenschirme tanzten zu ihrer Melodie, öffneten und schlossen sich im Rhythmus.

Eines Tages bemerkte Amara, dass einige Regenschirme an Leuchtkraft verloren. Sie gingen zu einem der blassen Regenschirme und fragte: "Was ist los?"

Der Regenschirm antwortete mit einer zitternden Stimme: "Wir verlieren unsere Farben, weil die Sternenquelle, die uns nährt, schwächer wird."

Amara wusste, dass sie handeln musste. Sie begab sich auf eine Reise zum Zentrum des schwebenden Kontinents, wo die legendäre Sternenquelle existierte. Es war ein gefährlicher Weg voller schillernder Wirbelwinde und schwebender Steine. Doch mit Hilfe der Regenschirme, die ihr den Weg leuchteten und sie vor Gefahren schützten, erreichte sie schließlich die

Sternenquelle.

Die Quelle war ein riesiges, pulsierendes Herz, das Sternenlicht aussandte. Amara sang ihr schönstes Lied, und das Herz reagierte auf ihre Stimme. Es begann stärker zu pulsieren und sendete erneut strahlendes Licht aus.

Mit der wiederhergestellten Energie der Sternenquelle leuchteten die Regenschirme im Wald von Lumella heller denn je. Dank Amara und ihrer außergewöhnlichen Verbindung zu den Regenschirmen blieb der Wald ein Ort des Lichts, der Musik und der Magie.

35. DAS RÄTSEL DES TANZENDEN TEEKESSELS

In einem kleinen Dorf namens Kamillendorf gab es einen alten, verlassenen Laden, der seit Jahrzehnten geschlossen war. Dieser Laden war für seine riesige Sammlung von Teekesseln bekannt. Aber nicht nur das - es hieß, dass diese Teekessel nachts tanzten.

Lea, eine neugierige Zehnjährige mit einer Vorliebe für Abenteuer, beschloss, das Geheimnis des tanzenden Teekessels zu lüften. Bewaffnet mit einer Taschenlampe und ihrem Notizbuch, schlich sie sich eines Nachts in den Laden.

Zu ihrer Überraschung fand sie den gesamten Boden bedeckt mit Teekesseln, die sich rhythmisch bewegten. Es war, als würden sie zu einer unsichtbaren Melodie tanzen. Sie beobachtete, wie ein besonders alter, verbeulter Kessel in die Mitte sprang und begann, eine lebendige Tanznummer aufzuführen.

Plötzlich erklang eine Stimme: "Magst du unseren Tanz?" Lea drehte sich um und sah eine kleine, ältere Frau mit einem Teekessel-Hut. "Ich bin Frau Tilda, die Hüterin der tanzenden Teekessel."

Lea war überrascht und stellte viele Fragen. Frau Tilda erklärte, dass diese Teekessel einmal geliebte Gegenstände in ihren Häusern waren, und ihre Tanzbewegungen waren eine Reflektion der Freude, die sie ihren Besitzern gebracht hatten. Mit der Zeit, als sie verlassen wurden, kamen sie hierher, um in Frieden zu tanzen.

Beeindruckt von dieser Entdeckung, beschloss Lea, anderen von diesem magischen Ort zu erzählen. Mit der Hilfe von Frau Tilda verwandelte sie den alten Laden in ein Teehaus, wo Menschen tagsüber kommen konnten, um Tee zu trinken, und nachts die tanzenden Teekessel zu bewundern.

Das Teehaus wurde zu einer Attraktion in Kamillendorf, und die Legende der tanzenden Teekessel lebte weiter, alles dank der Neugier eines kleinen Mädchens.

36.   DIE BRÜCKE DER WÜNSCHE

In einem Tal, durchzogen von einem leisen plätschernden Fluss, stand eine alte Steinbrücke. Es wurde gesagt, dass diese Brücke magische Kräfte besaß; wer sie gemeinsam mit einem Freund überquerte und dabei einen Wunsch äußerte, dem würde dieser Wunsch erfüllt.

Zwei Kinder, Mia und Jonas, die im gleichen Dorf lebten, waren seit ihrer Geburt unzertrennlich. Sie hatten von der Legende der Brücke gehört und beschlossen, ihr Glück zu versuchen.

Am Morgen ihres zehnten Geburtstags, als die ersten Sonnenstrahlen den Morgentau auf den Feldern glitzern ließen, trafen sie sich am Anfang der Brücke. Sie hielten sich fest an den Händen und schlossen die Augen.

Mia wünschte sich, dass ihre kranke Großmutter gesund werden würde, während Jonas heimlich hoffte, dass sein Vater, der seit Jahren vermisst war, wieder nach Hause kommen würde.

Als sie die Brücke überquert hatten, spürten beide eine seltsame Wärme in ihren Herzen. Die Tage vergingen, und Mias Großmutter wurde mit jedem Tag stärker und gesünder. Dann, eines Tages, kam ein Brief an Jonas' Haus. Sein Vater war gefunden worden und kam nach Hause!

Das ganze Dorf feierte die Rückkehr und die Gesundheit von Mias Großmutter. Die Geschichte der beiden Kinder und ihrer Wünsche wurde legendär.

Aber während die Dorfbewohner die magische Brücke feierten, wussten Mia und Jonas, dass es nicht nur die Magie der

Brücke war, die ihre Wünsche erfüllte. Es war die Stärke ihrer Freundschaft, das unerschütterliche Band zwischen ihnen, das wahre Wunder bewirkte.

Und so, Jahr für Jahr, kamen Menschen von nah und fern, Hand in Hand mit ihren Liebsten, um die Brücke zu überqueren, in der Hoffnung auf Wunder. Aber die wahren Wunder, so lernten viele, lagen nicht in der Magie einer alten Steinbrücke, sondern in der Kraft echter Freundschaft.

37.   LIAS
TRAUMFARBEN

In einem malerischen Städtchen, umgeben von sanft geschwungenen Hügeln und leuchtenden Wiesen, lebte ein Mädchen namens Lia. Lia war keine gewöhnliche junge Künstlerin. Wenn sie malte, waren die Farben nicht einfach Rot, Blau oder Gelb – sie waren die Farben von Gefühlen, Erinnerungen und Träumen.

Jedes Bild, das sie malte, trug eine Emotion in sich. Ein Portrait ihrer Großmutter war nicht nur das Abbild einer älteren Frau; es war in den warmen Tönen des Lachens, der Umarmungen und der Geschichten aus vergangenen Zeiten getaucht.

Die Menschen kamen von überall her, um Lias Gemälde zu sehen. Wenn sie vor einem Bild standen, wurden sie von den Emotionen und Erinnerungen ergriffen, die es ausstrahlte. Ein Bild von einem alten Baum ließ sie die Brise spüren und das Rauschen der Blätter hören. Ein Gemälde von einem verlassenen Haus brachte Erinnerungen an alte Freunde und längst vergessene Abenteuer zurück.

Aber Lia hatte ein Geheimnis. Sie hatte ein magisches Paar Pinsel, geerbt von ihrer Urgroßmutter, einer berühmten Künstlerin. Diese Pinsel fingen die Essenz von allem ein, was Lia sah und fühlte, und übertrugen sie auf die Leinwand.

Eines Tages verlor Lia beim Malen im Wald einen ihrer magischen Pinsel. Als sie es bemerkte, war sie am Boden zerstört. Sie befürchtete, nie wieder so malen zu können wie zuvor. Doch als sie versuchte, mit einem gewöhnlichen Pinsel zu malen, entdeckte sie etwas Erstaunliches: Ihre Bilder strahlten immer noch Emotionen und Erinnerungen aus.

Lia erkannte, dass es nicht der magische Pinsel war, der ihre Bilder zum Leben erweckte, sondern ihre eigene tiefe Verbindung zu ihrer Umwelt und den Menschen um sie herum.

Die Jahre vergingen, und Lia wurde zu einer der größten Künstlerinnen ihrer Zeit. Sie lehrte junge Künstler nicht nur die Techniken des Malens, sondern auch, mit dem Herzen zu sehen und zu fühlen. Denn wahre Kunst, so sagte sie, kommt nicht aus magischen Werkzeugen, sondern aus der Tiefe der Seele.

38. DAS FLÜSTERN DER MEERESMUSCHELN

In einem kleinen Küstenort namens Albasol verbrachten Kinder ihre Sommerferien am Strand, spielten in den Wellen und bauten Sandburgen. Sophie, ein neugieriges zehnjähriges Mädchen, war dieses Jahr zum ersten Mal in Albasol. Während sie den Sand durch ihre Finger rieseln ließ, entdeckte sie eine ungewöhnlich große, glänzende Muschel.

Als sie die Muschel an ihr Ohr hielt, hörte sie nicht nur das Rauschen des Meeres, sondern auch flüsternde Stimmen, die Geschichten von weit entfernten Orten erzählten. Diese Muschel war kein gewöhnlicher Meeresbewohner – sie war eine Urlaubsmuschel, eine von wenigen auf der Welt, die die Erlebnisse von Reisenden aufbewahrte.

Jeden Abend setzte sich Sophie mit der Muschel auf die Veranda ihres Ferienhauses und lauschte den Geschichten von verborgenen Höhlen, geheimnisvollen Inseln und tiefen Ozeanen. Durch die Muschel bereiste sie Länder und Kontinente, von denen sie noch nie gehört hatte, und erlebte Abenteuer, die sie sich nie hätte vorstellen können.

Neugierig auf diese Geschichten, zeigte Sophie ihre Entdeckung ihren neuen Freunden. Zusammen gründeten sie den "Club der Muschelentdecker". Jedes Kind brachte seine eigenen Muscheln mit, in der Hoffnung, dass auch sie Geschichten erzählen würden. Und zu Sophies Erstaunen taten sie das! Jede Muschel trug ihre eigenen Geschichten und Abenteuer in sich.

Die Kinder verbrachten den ganzen Sommer damit, Muscheln zu sammeln und ihre Geschichten zu teilen. Es wurde zu einer Tradition in Albasol, und jedes Jahr kamen Kinder aus der ganzen Welt, um dem Flüstern der Urlaubsmuscheln zu lauschen und ihre eigenen Geschichten hinzuzufügen.

Jahre später, als Sophie erwachsen war und eigene Kinder hatte, kehrte sie nach Albasol zurück. Am Strand, an dem sie einst die erste Urlaubsmuschel gefunden hatte, eröffnete sie ein kleines Museum. Es wurde das "Museum der flüsternden Muscheln" genannt und beherbergte Tausende von Muscheln, jede mit ihrer eigenen einzigartigen Geschichte. Ein Ort, an dem jeder seinen Urlaub in der Ferne noch einmal erleben konnte, nur durch das Zuhören.

39. DIE FLIEGENDE BUCHHANDLUNG VON LILLIFAY

Am Rande der Wolken, direkt über dem Horizont, befand sich Lillifays fliegende Buchhandlung. Ein riesiges, himmelblaues Luftschiff, gefüllt mit Büchern aus allen Ecken des Universums. Von Geschichten über tanzende Sterne bis hin zu Erzählungen von mutigen Weltraumfischen – es gab kein Buch, das Lillifay nicht in ihrer Sammlung hatte.

Lillifay war keine gewöhnliche Buchhändlerin. Mit ihrem sternförmigen Zauberstab konnte sie Buchseiten zum Leben erwecken. Während einige Kinder in ihrer Stadt von Abenteuern lasen, ließ Lillifay sie diese Abenteuer tatsächlich erleben. Ein Dreh mit ihrem Stab, und Kinder fanden sich inmitten von Piratenschlachten, Zauberschulen oder sogar im Weltraum wieder!

Aber Lillifays Lieblingsbuch war kein gewöhnliches. Es war ein leeres Buch, das sie "Das Buch der ungeschriebenen Geschichten" nannte. Jedes Mal, wenn ein Kind mit einer einzigartigen Geschichte oder einer verrückten Idee kam, schrieb Lillifay es in dieses Buch. So wurde es zu einem Sammelbecken für die kreativsten und ausgefallensten Ideen aus der ganzen Stadt.

Eines Tages bemerkte Lillifay, dass ihr Luftschiff schwerfälliger wurde. Es stellte sich heraus, dass "Das Buch der ungeschriebenen Geschichten" so voll von Ideen und Abenteuern war, dass es das Schiff fast zum Absturz brachte! Sie brauchte eine Lösung und schnell.

Also lud Lillifay alle Kinder der Stadt ein und öffnete das magische Buch. Seite für Seite lasen sie die Geschichten, und mit jedem Wort, das laut ausgesprochen wurde, wurde das Buch leichter und das Luftschiff stieg wieder höher in den Himmel.

Die Kinder erkannten, dass Geschichten, so fantastisch sie auch sein mögen, geteilt werden müssen, um wirklich zu leben. Dank Lillifay hatten sie nicht nur die Magie von Geschichten erlebt, sondern auch die Kraft des Teilens entdeckt.

Von da an wurde Lillifays fliegende Buchhandlung nicht nur ein Ort, um Geschichten zu lesen, sondern auch, um sie mit anderen zu teilen. Und das leere Buch? Es wurde nie wieder zu schwer, denn Geschichten wurden nun so schnell geteilt, wie sie geschrieben wurden.

40. DER GARTEN DER FLÜSTERNDEN PFLANZEN

In einer verborgenen Ecke der Welt, hinter hohen Bergen und dichten Wäldern, erstreckte sich ein Garten, wie es ihn kein zweites Mal gab. Es war der Garten der flüsternden Pflanzen.

Hier wuchsen Blumen, die in den Farben des Regenbogens leuchteten, riesige Farne, die sanft im Wind tanzten, und Bäume, deren Blätter wie zarte Musikinstrumente klangen. Aber das Besondere an diesem Garten war, dass jede Pflanze sprechen konnte.

Es war Elaras Aufgabe, sich um diesen magischen Garten zu kümmern. Sie war die Hüterin der Pflanzen und verstand ihre Sprache. Die rote Rose erzählte ihr von den Schmetterlingen, die sie besuchten, der alte Eichenbaum flüsterte Geschichten von vergangenen Jahrhunderten, und das Moos am Boden sang leise Lieder von verlorenen Wassertropfen.

Eines Tages, während Elara die Pflanzen goss, bemerkte sie, dass der zentrale Springbrunnen des Gartens trocken war. Die Quelle, die den Brunnen speiste, war versiegt. Ohne das Wasser des Brunnens würden die Pflanzen verdorren und ihre Stimmen für immer verstummen.

Elara wusste, sie musste die Quelle finden und das Wasser zurückbringen. Sie folgte dem trockenen Flussbett, das sie durch Wälder und über Hügel führte, bis sie schließlich an einen geheimnisvollen Steinbrunnen gelangte. In der Mitte des

Brunnens lag ein glänzender Kristall.

Als Elara den Kristall berührte, hörte sie die Stimmen aller Pflanzen aus ihrem Garten. Sie verstanden ihre Not und wollten ihr helfen. Zusammen sangen sie ein altes Lied, und langsam, Tropfen für Tropfen, begann Wasser aus dem Brunnen zu fließen.

Mit dem Kristall in der Hand und dem Wasser, das den Weg zurück zum Garten fand, kehrte Elara zurück. Der zentrale Springbrunnen sprudelte wieder, und die Pflanzen erblühten in ihrer vollen Pracht.

Dank Elaras Mut und der vereinten Kraft des Gartens konnte das Flüstern der Pflanzen weitergehen. Und die Geschichten, die sie erzählten, hallten in den Winden wider und erreichten die Herzen aller, die bereit waren, zuzuhören.

41. DIE PIRATIN MIT DEM GOLDENEN KOMPASS

Auf den Sieben Meeren segelte ein Schiff, das so schwarz war wie die tiefsten Tiefen des Ozeans: die "Nachtflut". Angeführt wurde es von Kapitän Serena, der berüchtigtsten Piratin ihrer Zeit. Ihr Ruhm ging jedoch nicht auf die zahlreichen Schätze zurück, die sie erbeutet hatte, sondern auf ein ganz besonderes Artefakt, das sie stets bei sich trug: einen goldenen Kompass.

Anders als gewöhnliche Kompasse zeigte dieser nicht einfach nach Norden. Er wies den Weg zu dem, was das Herz des Besitzers am meisten begehrte. In Serenas Händen wurde er zur mächtigsten Waffe, denn er führte sie zu versunkenen Schiffen, geheimen Inseln und unentdeckten Schätzen.

Doch mit großer Macht kam auch große Verantwortung. Serena war nicht die Einzige, die den goldenen Kompass begehrte. Eines Tages wurde ihr Schiff von der "Meeresklaue", dem Schiff des gefürchteten Piraten Moros, angegriffen. Er wollte den Kompass um jeden Preis.

Die Nachtflut war zwar schneller und wendiger, aber die Meeresklaue hatte mehr Kanonen und Mannschaft. Es schien, als ob Serena den Kampf verlieren würde, als plötzlich eine riesige Welle das Schiff von Moros erfasste und es weit wegtrug. Es war der goldene Kompass, der Serena den Weg zu einem Ort gezeigt hatte, an dem das Meer lebendig wurde und ihr zur Hilfe kam.

Nachdem Moros besiegt war, erkannte Serena, dass der wahre Schatz nicht der goldene Kompass oder die von ihm gezeigten Reichtümer waren. Es war die Freiheit, den eigenen Weg zu wählen und das Abenteuer, das darauf wartete.

Sie versteckte den Kompass an einem geheimen Ort und hinterließ eine Karte für jene, die mutig genug waren, ihn zu suchen, nicht aus Gier, sondern aus Liebe zum Abenteuer. Serena und die Nachtflut segelten weiter, immer auf der Suche nach dem nächsten Horizont, und ihre Legende lebte in den Geschichten der Meere fort.

42. MAELAS GEHEIMNIS DES MEERES

Tief im Meer, dort, wo das Sonnenlicht kaum die sanften Bewegungen der Korallen und Fische erreichen konnte, befand sich eine verborgene Stadt namens Luminalis. Ihre Gebäude waren aus Perlmutt und Schimmeralgen gebaut, und ihre Straßen wurden von leuchtenden Quallen erleuchtet.

Maela, eine junge Meerjungfrau mit leuchtend blauem Haar, lebte in Luminalis. Sie war bekannt für ihre Neugier und ihren unstillbaren Wunsch, das Unbekannte zu erkunden. Während die anderen Meerjungfrauen und Meermänner ihre Tage in den Komfortzonen von Luminalis verbrachten, schwamm Maela oft bis an die Grenzen der Stadt und spähte in die Dunkelheit des offenen Meeres.

Eines Tages, während sie an einem der entferntesten Außenposten von Luminalis spielte, entdeckte Maela eine alte, mit Seetang überwucherte Flasche. In ihr befand sich eine verblasste Karte, die zu einem Ort namens "Das Herz des Meeres" führte. Von diesem Ort hatte sie in alten Legenden gehört – es war ein magischer Ort, an dem das erste Lied des Ozeans geboren wurde.

Getrieben von Abenteuerlust folgte Maela der Karte. Sie begegnete riesigen Meerestieren, durchschwamm wundersame Höhlen und entdeckte Orte, die die meisten Bewohner von Luminalis nie zu Gesicht bekommen würden.

Schließlich kam sie zu einer riesigen Muschel, die auf einem Bett aus bunten Korallen ruhte. Als Maela die Muschel öffnete, fand sie ein funkelndes, pulsierendes Herz aus reinem Wasser. Es war das Herz des Meeres, und es pulsierte im Rhythmus der Wellen an der Oberfläche.

Maela berührte es vorsichtig und fühlte, wie eine Melodie in ihr aufstieg. Es war das uralte Lied des Meeres, ein Lied von Abenteuer, Liebe und Geheimnissen.

Mit dem Herz des Meeres kehrte Maela nach Luminalis zurück. Sie teilte das Lied mit ihren Freunden und der Familie, und bald wurde die ganze Stadt von der Melodie ergriffen.

Maelas Abenteuer lehrte die Bewohner von Luminalis, dass es im Meer immer etwas Neues zu entdecken gibt und dass wahre Magie oft dort liegt, wo man sie am wenigsten erwartet.

43. DIE SONNENUHR VON ZEPHYRIA

In der schwebenden Stadt Zephyria, die hoch in den Wolken über der Erde hing, war Zeit nicht einfach eine Abfolge von Sekunden und Minuten. Hier, zwischen flauschigen Wolken und goldenen Sonnenstrahlen, wurde Zeit durch die Farben des Himmels gemessen.

Das Zentrum von Zephyria wurde von einer riesigen Sonnenuhr beherrscht, die nicht durch Schatten, sondern durch die schillernden Farben des Himmels funktionierten. Jede Tageszeit hatte ihre eigene einzigartige Palette von Farben.

Liora, eine junge Zephyrianerin, war die Hüterin dieser Sonnenuhr. Mit einem Pinsel, der aus einem Kometenschweif geschnitzt war, und einer Palette voller Himmelsfarben, war es ihre Aufgabe, die Sonnenuhr täglich mit den Farben des Tages zu aktualisieren.

Eines Tages, als der Morgen in ein sattes Orange überging, bemerkte Liora, dass eine Farbe aus ihrer Palette verschwunden war. Das tiefe, geheimnisvolle Blau der Mitternacht war verschwunden. Ohne dieses Blau konnte Zephyria nicht in den nächtlichen Zyklus übergehen.

Liora wusste, dass sie das Mitternachtsblau wiederfinden musste. Mit einem speziellen Flügelumhang, der ihr erlaubte, durch die Wolken zu gleiten, begab sie sich auf eine Reise außerhalb von Zephyria. Sie durchquerte den regenbogenfarbenen Regen, segelte durch die stürmischen Gewitterwolken und glitt schließlich in die tiefe, sternübersäte Nacht.

Dort, in der Stille des Kosmos, fand Liora das verlorene Mitternachtsblau, das sich in der Umarmung eines Sterns versteckt hatte. Mit sanften Pinselstrichen fing sie die Farbe ein und kehrte triumphierend nach Zephyria zurück.

Mit dem wiederhergestellten Mitternachtsblau malte Liora die Sonnenuhr von Zephyria neu, und die Stadt erstrahlte in einem noch intensiveren Leuchten. Die Zephyrianer feierten Lioras Erfolg und erkannten, dass selbst in der unendlichen Weite des Himmels jeder Farbton seinen einzigartigen Platz hatte.

44. DER TANZ DER GALAXIEN

In einer Dimension jenseits unserer Vorstellungskraft, wo Raum und Zeit ineinander verschmolzen und Sterne sich wie Fischschwärme bewegten, gab es eine Arena namens Cosmodrome. Hier kamen Galaxien aus allen Ecken des Multiversums zusammen, nicht um zu kämpfen, sondern um zu tanzen.

Einmal im Äon fand das größte Spektakel des Universums statt: der Galaxientanz. Galaxien aller Formen und Größen wirbelten in harmonischen Bewegungen, jede erzählte ihre eigene Geschichte durch den Tanz ihrer Sterne und Planeten.

Nova, eine junge Galaxie, bereitete sich auf ihren ersten Auftritt im Cosmodrome vor. Sie war nervös; immerhin würde sie gegen einige der ältesten und erfahrensten Galaxien des Universums antreten. Aber Nova hatte etwas Besonderes: Ein schwarzes Loch in ihrem Zentrum, das, anstatt Sterne zu verschlingen, sie in schillernden Farben leuchten ließ.

Als der Moment kam und Nova die Bühne betrat, spürte sie die Blicke von Milliarden von Sternen auf sich. Mit einem tiefen Atemzug begann sie zu tanzen, ihre Sterne wirbelten in spiralförmigen Mustern, Planeten drehten sich in synchronisierten Bahnen, und das schwarze Loch in ihrer Mitte erzeugte eine Lichtshow, die das Publikum in Staunen versetzte.

Die Musik des Universums, ein Lied aus Gravitationswellen und Sternenstaub, trug Nova durch ihren Tanz. Sie drehte, wirbelte und sprang, ihre Bewegungen erzählten Geschichten von neu geborenen Sternen, kollidierenden Planeten und interstellaren Reisen.

Als der Tanz endete, war es still im Cosmodrome. Dann brach ein tosender Applaus aus, Sterne funkelten heller, und Galaxien wirbelten in Begeisterung. Nova hatte es geschafft, sie hatte mit ihrem einzigartigen Tanz das Herz des Universums berührt.

Von diesem Tag an wurde Nova nicht nur als die junge Galaxie erinnert, die den Mut hatte, anders zu sein, sondern auch als diejenige, die den Tanz der Galaxien für immer veränderte. Sie wurde zur Inspiration für alle kommenden Galaxien und erinnerte sie daran, dass wahre Schönheit in der Einzigartigkeit liegt.

45.   DAS LAND DER UMGEKEHRTEN SCHATTEN

Hinter den sieben Bergen, jenseits der drei Ozeane, versteckt in einer Falte des Universums, lag das Land Eclipta. Das Besondere an Eclipta war, dass hier alles Licht einen umgekehrten Schatten warf. Wenn die Sonne hoch am Himmel stand, sah man statt eines dunklen Schattens einen leuchtenden Abdruck des Gegenstands auf dem Boden.

Lumen war ein Junge aus Eclipta. Jeden Morgen rannte er hinaus, um seinen leuchtenden Schatten mit den anderen Kindern zu vergleichen. Sie spielten Spiele, bei denen sie versuchten, die Formen ihrer Schatten zu erraten, oder tanzten einfach im schimmernden Licht.

Aber eines Tages bemerkte Lumen, dass sein Schatten schwächer wurde. Anstatt zu leuchten, war er fast durchsichtig und kaum zu erkennen. Besorgt rannte Lumen zum weisen Alten der Stadt, einem Mann namens Luxor, der mehr über Licht und Schatten wusste als jeder andere.

Luxor erklärte, dass in Eclipta die Intensität des Schattens mit der inneren Leuchtkraft einer Person verbunden war. "Dein inneres Licht wird schwächer, Lumen," sagte er, "du musst herausfinden, warum."

Lumen begab sich auf eine Reise, um sein inneres Licht wiederzufinden. Er durchquerte Wälder, in denen Bäume silberne Blätter hatten, überquerte Flüsse, die in Neonfarben schimmerten, und bestieg Berge mit Gipfeln aus Kristall.

Schließlich, nach vielen Abenteuern, erreichte er den See der Reflexion. Dort blickte er tief in das klare Wasser und sah nicht nur sein Spiegelbild, sondern auch seine vergangenen Erlebnisse und Emotionen. Lumen erkannte, dass er in letzter Zeit zu sehr mit sich selbst beschäftigt war und die Schönheit um ihn herum vergessen hatte.

Er kehrte nach Hause zurück und teilte seine Erkenntnisse mit den Bewohnern von Eclipta. Und wie durch Magie begann sein Schatten wieder in der prächtigsten Helligkeit zu leuchten, die je jemand gesehen hatte.

Die Geschichte von Lumen wurde eine Legende in Eclipta und erinnerte alle daran, dass manchmal das, was wir außen zeigen, tief von unserem Inneren beeinflusst wird. Es lehrte die Bewohner, immer in Kontakt mit ihrem inneren Selbst zu sein und die Wunder um sie herum zu schätzen.

46. DAS RÄTSEL DER SCHWEBENDEN SCHULTISCHE

In der Stadt Nebula gab es eine Schule, die sich von allen anderen unterschied: die Levitatus Akademie. Hier, inmitten der normalen Klassenzimmer, Schulfächer und Lehrer, gab es ein einzigartiges Phänomen – jeden Morgen schwebten die Schultische einige Zentimeter über dem Boden.

Für die Schüler von Levitatus war das nichts Ungewöhnliches. Sie hatten sich daran gewöhnt, ihre Beine baumeln zu lassen und auf fliegenden Tischen zu schreiben. Aber niemand wusste wirklich, warum die Tische schwebten.

Emma, eine neugierige Siebtklässlerin, wollte das Geheimnis unbedingt lösen. Jeden Tag nach dem Unterricht verbrachte sie Stunden damit, die Tische zu beobachten, Notizen zu machen und Theorien aufzustellen. Eines Tages bemerkte sie ein leises Summen, das von einem alten Gemälde im Klassenzimmer auszugehen schien.

Das Gemälde zeigte einen alten Gelehrten, der mit seltsamen Symbolen und Formeln auf einem Tisch schrieb. Emma entdeckte, dass diese Symbole und Formeln denen auf den schwebenden Tischen sehr ähnlich waren.

Mit der Hilfe ihrer Freunde Lucas und Mia begann sie, die Symbole zu entschlüsseln. Sie fanden heraus, dass der Gelehrte auf dem Gemälde der Gründer der Schule war und ein Meister der Schwerkraftmanipulation. Die Formeln waren

Anweisungen, die er hinterlassen hatte, um die Tische schweben zu lassen und den Schülern zu zeigen, dass mit Wissen und Neugier die Grenzen der Realität verschoben werden können.

Emma und ihre Freunde fanden einen verborgenen Schalter hinter dem Gemälde. Als sie ihn betätigten, landeten die Tische mit einem sanften Plumps wieder auf dem Boden. Eine Nachricht wurde sichtbar: "Suche stets nach dem Ungewöhnlichen im Alltäglichen, und du wirst die Magie des Lernens entdecken."

Von diesem Tag an wurden Emma, Lucas und Mia als die Schüler gefeiert, die das Geheimnis der schwebenden Tische gelüftet hatten. Aber wichtiger noch: Sie erkannten, dass die wahre Magie nicht in schwebenden Tischen lag, sondern in der unendlichen Kraft der Neugier und des Lernens.

47. DAS ORCHESTER DER VERLORENEN DINGE

Im Herzen einer verborgenen Stadt, unter den gewundenen Gassen und geheimen Durchgängen, befand sich ein ganz besonderes Theater. Es war das Heim des "Orchesters der verlorenen Dinge".

Hier kamen alle Gegenstände hin, die Menschen verloren hatten: von Schlüsseln über Regenschirme bis hin zu kostbaren Erbstücken. Aber diese verlorenen Dinge blieben nicht einfach liegen. Nein, sie wurden zu Musikinstrumenten in einem magischen Orchester.

Dirigent des Orchesters war Maestro Viento, ein alter Mann mit einem langen, weißen Bart und funkelnden Augen. Er hatte die Fähigkeit, mit den verlorenen Dingen zu kommunizieren und ihre Geschichten zu hören. Jedes verlorene Objekt hatte seine eigene Melodie, die von seiner Geschichte und den Emotionen der Person, die es verloren hatte, beeinflusst wurde.

Eines Tages, während einer Probe, bemerkte Maestro Viento ein neues Instrument in der Ecke: ein kleines, abgenutztes Tagebuch. Als er es öffnete, fand er die Erinnerungen eines kleinen Mädchens namens Clara, die von ihrer Familie und ihren Abenteuern erzählte.

Mit Hilfe des Orchesters begann Maestro Viento, Claras Geschichte in Musik zu übersetzen. Die Schlüssel klimperten in Erwartung, die verlorenen Schuhe tanzten einen lebhaften

Walzer und die Regenschirme drehten sich wie Ballerinen.

Während die Geschichte fortschritt, wurde das Orchester von einem tiefen Gefühl der Nostalgie ergriffen. Sie spielten von verlorenen Sommertagen, von ersten Freundschaften und von der Sehnsucht nach Hause.

Als das Konzert zu Ende ging, fühlte sich jeder im Publikum seltsam berührt. Ohne es zu wissen, hatte das Orchester der verlorenen Dinge nicht nur Claras Geschichte erzählt, sondern auch ihre eigenen verlorenen Erinnerungen und Emotionen geweckt.

Nachdem das Tagebuch seine Geschichte erzählt hatte, verschwand es auf magische Weise und fand seinen Weg zurück zu Clara, die nun erwachsen war. Als sie es öffnete, hörte sie die Melodien des Orchesters und fühlte die Magie verlorener Erinnerungen, die durch die Musik wieder zum Leben erweckt wurden.

Und so, in einem verborgenen Theater, spielte das Orchester der verlorenen Dinge weiter, und erinnerte jeden daran, dass verloren gegangene Dinge, obwohl sie weg sind, niemals wirklich vergessen werden.

48. DAS FLUGZEUG MIT FLÜGELN AUS TRÄUMEN

Jenseits der Wolken, wo der Himmel die Sterne berührt, fand man den verborgenen Hangar der Träume. Hier waren keine gewöhnlichen Flugzeuge geparkt. Sie waren speziell und einzigartig, denn ihre Flügel waren aus den Träumen von Kindern aus aller Welt gemacht.

Das berühmteste dieser Flugzeuge war "Celestia". Ihre Flügel waren aus den kühnsten, farbenfrohsten und wagemutigsten Träumen geschaffen, die Kinder je hatten. Jede Nacht, wenn die Sterne am hellsten leuchteten, startete Celestia zu einem Flug ins Reich der Fantasie.

Eines Abends wurde Mia, ein Mädchen mit einer unersättlichen Neugier und einer Liebe zum Himmel, von Celestia zu einem besonderen Abenteuer eingeladen. Als sie an Bord ging, fühlte sie, wie das Flugzeug mit der Energie von Tausenden von Träumen vibrierte.

Die Reise führte sie über Länder aus flüssigem Gold, Wälder, die in der Dunkelheit leuchteten, und Ozeane, in denen Wolken wie Fische schwammen. Auf ihrem Weg begegneten sie Drachen, die Gedichte rezitierten, und Wolkenfamilien, die Picknicks auf Regenbögen veranstalteten.

Während des Fluges erkannte Mia, dass die Kraft von Celestia nicht nur in ihren magischen Flügeln lag. Das wahre Geheimnis war das Herz des Flugzeugs: ein Kristall, der von der Reinheit und Unschuld eines kindlichen Herzens genährt wurde. Mia verstand, dass, solange Kinder träumen und an das Unmögliche glauben, Flugzeuge wie Celestia immer fliegen würden.

Am Ende ihrer Reise brachte Celestia Mia zurück zu ihrem Bett, gerade rechtzeitig zum Sonnenaufgang. Als Mia ihre Augen öffnete, dachte sie, es sei alles nur ein Traum gewesen. Aber da, auf ihrem Nachttisch, lag ein kleiner Federflügel, funkelnd und schimmernd, als kleines Andenken an ihr unglaubliches Abenteuer.

Von diesem Tag an blickte Mia immer zum Himmel, in der Hoffnung, wieder den magischen Schimmer von Celestia zu sehen. Und tief in ihrem Herzen wusste sie, dass Träume - groß oder klein - die Kraft haben, uns zu unglaublichen Orten zu tragen.

49. DIE STADT, IN DER ZEIT RÜCKWÄRTS LIEF

In einer weit entfernten Dimension, verborgen hinter einem Vorhang aus kosmischen Nebeln, lag die Stadt Temporalia. Hier hatte die Zeit ihre eigene, eigenwillige Art zu fließen. Anstatt vorwärts zu gehen, lief sie rückwärts.

In Temporalia wachten die Menschen am Ende ihres Lebens auf und lebten jeden Tag ein bisschen jünger. Die Bewohner begannen als weise alte Menschen, die all ihre Erfahrungen und Erinnerungen mit sich trugen. Mit der Zeit wurden sie jünger, verloren ihre Falten, erlangten Energie zurück und erlebten erneut die Momente ihres Lebens.

Eines Tages kam ein junger Reisender namens Leo in die Stadt. Er war durch einen seltsamen Zufall in diese Dimension gestolpert und war fasziniert von dem, was er sah. Für Leo, der aus einer Welt kam, in der die Zeit vorwärts lief, war alles rückwärts und umgekehrt.

Er beobachtete, wie die Menschen um ihn herum jünger wurden, wie Gebäude, die zuerst alt und brüchig waren, sich nach und nach in prächtige Konstruktionen verwandelten. Er sah, wie zerbrochene Dinge sich von selbst reparierten und wie gefallene Blätter zu den Bäumen zurückkehrten.

Während Leo in der Stadt blieb, merkte er, dass auch er rückwärts alterte. Jeden Tag wurde er ein wenig jünger. Er erkannte die Chance, die sich ihm bot: Er konnte frühere

Entscheidungen überdenken und alte Fehler wiedergutmachen.

Doch nach einigen Tagen in Temporalia wurde Leo von einer tiefen Melancholie ergriffen. Er vermisste das Gefühl der Vorwärtsbewegung, das Wachstum und die Entwicklung, die mit dem Älterwerden einhergingen. Er erkannte, dass das Leben in seiner natürlichen Reihenfolge ebenso wertvoll und bedeutend war wie das in Temporalia.

Mit Hilfe einer weisen alten Frau, die eigentlich jünger war, fand Leo einen Weg zurück in seine eigene Dimension. Als er zurückkehrte, trug er die Erinnerungen und Lehren aus Temporalia mit sich. Er erkannte, dass jeder Moment, ob in der Vergangenheit, Gegenwart oder Zukunft, seinen eigenen Wert hat und dass das wahre Geheimnis des Lebens darin besteht, jeden Augenblick in seiner vollen Pracht zu erleben.

50. DAS DORF DER SPRECHENDEN BÄUME

Hoch oben in den Bergen, umgeben von einer endlosen Wolkenkette, lag das abgelegene Dorf Arboria. Es war bekannt für seine bemerkenswerte Eigenheit: Hier sprachen die Bäume.

Die Bäume in Arboria waren nicht wie gewöhnliche Bäume. Sie hatten Gedanken, Gefühle und Erinnerungen, die sie in flüsternden Windgesängen und raschelnden Blättertänzen zum Ausdruck brachten. Jeder Baum hatte seine eigene Persönlichkeit und Geschichte zu erzählen.

Lila, ein junges Mädchen aus Arboria, hatte eine besondere Beziehung zu einem alten Eichenbaum namens Eldric. Jeden Morgen besuchte sie ihn, legte ihre Hand auf seine rissige Rinde und lauschte seinen Geschichten. Eldric erzählte von Zeiten, in denen er noch ein junger Spross war, von den Tieren, die in seinen Ästen lebten, und von den Geheimnissen der Berge.

Eines Tages verriet Eldric Lila ein Geheimnis: Vor langer Zeit, als die Welt noch jung war, hatten die Bäume Arborias den Dorfbewohnern geholfen, indem sie ihre Kräfte nutzten, um das Dorf vor einem zerstörerischen Sturm zu schützen. Im Gegenzug versprachen die Menschen, die Bäume zu schützen und ihnen zuzuhören.

Als Lila älter wurde, entwickelte sie eine tiefe Verbindung zu allen Bäumen im Dorf. Sie wurde die "Baumflüsterin" genannt. Mit ihrer Gabe half sie, Konflikte zu lösen, indem sie den Rat der Bäume einholte und den Menschen ihre weisen Geschichten weitererzählte.

Jahre vergingen, und Arboria blühte in Frieden und Harmonie auf. Die Symbiose zwischen Menschen und Bäumen war das Herzstück der Gemeinschaft.

Doch dann kam eine Bedrohung von außen: Holzfäller, die von den sprechenden Bäumen gehört hatten und sie fällen wollten, um sie zu verkaufen. Lila, nun eine junge Frau, wusste, dass sie handeln musste. Mit Hilfe der Bäume und der Dorfbewohner schuf sie einen magischen Schutzkreis um Arboria, der das Dorf und seine wundervollen Bäume für immer schützte.

Die Geschichte von Arboria wurde zur Legende, ein Zeugnis für die Magie, die entsteht, wenn Mensch und Natur in Einklang leben. Und obwohl viele sie für ein Märchen hielten, wussten diejenigen, die einmal den sanften Gesang eines Baumes gehört hatten, dass irgendwo in den Bergen ein Ort existierte, an dem die Bäume wirklich sprachen.

51.   DER MAGIER DER VERGESSENEN MELODIEN

Tief im Herzen des Nebelwaldes lebte Aelius, der Magier der vergessenen Melodien. Seine Gabe war ebenso ungewöhnlich wie faszinierend. Aelius konnte Musik hören, die andere vergessen hatten - Lieder aus Kindertagen, Melodien von verlorenen Lieben oder Töne aus fernen Welten.

Sein Heim war eine alte, verwitterte Hütte, die mit unzähligen Musikinstrumenten gefüllt war, von denen jedes ein eigenes Geheimnis barg. Wenn der Wind durch den Wald wehte, konnte man die sanften Klänge dieser Instrumente hören, die die Erinnerungen der Welt spielten.

Eines Tages besuchte ein junges Mädchen namens Seraphina Aelius. Sie war auf der Suche nach einem Lied, das ihre Großmutter immer für sie gesungen hatte, aber das sie nicht mehr in Erinnerung rufen konnte. Aelius, berührt von ihrer Bitte, begann, jedes seiner Instrumente zu spielen, in der Hoffnung, das verlorene Lied zu finden.

Während er spielte, hörte Seraphina viele Melodien, die sie an ihre Vergangenheit erinnerten: an ihre ersten Schritte, ihre erste verlorene Liebe und die Lieder ihrer Jugend. Doch die Melodie ihrer Großmutter war nicht dabei.

Entschlossen begaben sich Aelius und Seraphina auf eine Reise durch den Nebelwald, um die verlorene Melodie zu finden. Sie durchquerten tiefe Schluchten, bestiegen hohe Gipfel und überquerten funkelnde Bäche. Jeder Ort im Wald verbarg eine Melodie, und Aelius nutzte seine magischen Fähigkeiten, um sie hervorzurufen.

Nach Tagen der Suche kamen sie zu einem alten, verfallenen Tempel. In seinem Inneren befand sich eine uralte Harfe, die von der Zeit fast vergessen war. Als Aelius die Saiten berührte, erklang die Melodie, die Seraphina so verzweifelt gesucht hatte - das Lied ihrer Großmutter.

Tränen der Freude füllten ihre Augen, und sie dankte Aelius von ganzem Herzen. Der Magier lächelte nur und sagte: "Musik ist die Sprache der Seele. Sie kann verloren gehen, aber sie wird nie wirklich vergessen."

Von diesem Tag an wurde Seraphina eine Schülerin von Aelius. Gemeinsam sorgten sie dafür, dass die verlorenen Melodien der Welt nie wieder in Vergessenheit gerieten. Und so wurde im Herzen des Nebelwaldes die Magie der Musik für immer lebendig gehalten.

52. DIE MAGISCHE FEDER

In einem weit entfernten Wald lebte ein kleiner Vogel namens Kiko. Kiko war nicht wie die anderen Vögel. Während die meisten Vögel bunte Federn hatten, war Kikos Feder magisch und leuchtete in der Nacht.

Eines Abends bemerkte Kiko, dass seine leuchtende Feder fehlte. Ohne seine Feder fühlte er sich verloren und schwach. Er beschloss, sie zu suchen und fragte alle Tiere im Wald, ob sie seine Feder gesehen hätten.

Die Eule erzählte ihm von einem strahlenden Licht, das sie in der Nähe des großen Wasserfalls gesehen hatte. Kiko machte sich sofort auf den Weg. Er flog über Bäche und Wiesen, bis er endlich den rauschenden Wasserfall erreichte. Und da, am Fuße des Wasserfalls, leuchtete seine Feder hell und klar.

Aber es war nicht so einfach. Ein kleiner, frecher Frosch namens Finn hatte sie gefunden und fand es lustig, sie hoch in die Luft zu werfen und wieder zu fangen. Kiko bat Finn, ihm seine Feder zurückzugeben. Aber der Frosch stellte eine Bedingung: "Wenn du mir ein Lied vorsingst, gebe ich dir die Feder zurück."

Kiko, obwohl er nervös war, begann ein süßes Lied zu singen. Das Lied war so schön, dass alle Tiere des Waldes kamen, um zuzuhören. Finn war so berührt von dem Lied, dass er die Feder freudig an Kiko zurückgab.

Mit seiner Feder zurück flog Kiko hoch in den Himmel und dankte jedem Stern. Von diesem Tag an sang Kiko jeden Abend ein Lied für die Tiere des Waldes. Und wenn Kinder in der Nähe des Waldes schlafen gingen, könnten sie das sanfte Leuchten von Kikos Feder sehen und sein süßes Lied hören, das sie in den Schlaf wiegte.

Und so, liebe Kinder, wenn ihr in der Nacht ein fernes Leuchten seht und ein Lied hört, denkt an Kiko und seinen mutigen Weg, seine Feder zurückzubekommen.

53.   DIE
TANZENDE TEEKANNE

In einem alten Antiquitätengeschäft, versteckt in einer Ecke, stand eine staubige alte Teekanne. Niemand wusste, dass diese Teekanne, namens Tilda, ein Geheimnis hatte.

Jede Nacht, wenn der Mond hoch am Himmel stand und die Menschen in ihren Betten lagen, begann Tilda zu tanzen. Sie schwebte über den Holzfußboden, drehte sich, wirbelte herum und tanzte zu einer Melodie, die nur sie hören konnte.

Eines Abends schlich eine kleine Katze namens Mia ins Geschäft. Sie hörte das Klirren von Tilda und sah fasziniert zu, wie die Teekanne tanzte. Mia war so begeistert, dass sie begann, im Rhythmus von Tildas Tanz mit ihrem Schwanz zu wedeln.

Tilda bemerkte Mia und stoppte ihren Tanz. Anfangs war sie etwas scheu, aber Mia miaute sanft und beruhigte Tilda. Die beiden begannen miteinander zu reden und wurden schnell Freunde.

Mia erzählte Tilda von der großen Welt draußen, von saftigen Mäusen und von den warmen Sonnenstrahlen. Tilda erzählte Mia von den vielen Jahren, die sie in dem Antiquitätengeschäft verbracht hatte, und von ihrem Traum, die Welt zu sehen.

Mia hatte eine Idee. Jede Nacht, nach Tildas Tanz, würde Mia die Teekanne auf ihren Rücken setzen und sie mit auf Abenteuer nehmen. Sie besuchten Parks, Dächer und sahen den Sonnenaufgang über der Stadt.

Die beiden ungleichen Freunde erlebten viele Abenteuer und entdeckten, dass wahre Freundschaft keine Grenzen kennt. Egal ob man eine tanzende Teekanne oder eine neugierige Katze ist.

Und so, wenn du jemals eine Teekanne siehst und dir ein Lächeln über das Gesicht huscht, denke an Tilda und Mia und ihre nächtlichen Abenteuer.

54. DAS LAND DER SPRECHENDEN SOCKEN

In einer Welt, die nicht allzu weit von unserer entfernt ist, gab es ein Land, in dem alle verlorenen Socken landeten. Dieses Land hieß Sockonia, und jedes Paar Socken dort hatte eine Geschichte zu erzählen.

Sammy war eine einzelne Wandersocke, die ständig auf der Suche nach seinem verlorenen Partner war. Eines Tages traf er Susi, eine glitzernde Tanzsocke, die auch ihren Partner vermisste. Sie beschlossen, gemeinsam auf die Suche zu gehen und unterwegs viele andere einsame Socken zu treffen.

Da war Willy, die Wollsocke, der ständig fror, weil er es gewohnt war, in kalten Wintern getragen zu werden. Und dann gab es noch Tina, die Turnsocke, die immer in Bewegung sein wollte und von ihren Tagen in Turnschuhen erzählte.

Zusammen bildeten sie eine Gruppe, die durch Sockonia zog, in der Hoffnung, ihre Partner zu finden. Auf ihrem Weg stolperten sie über Sockenberge, durchquerten den Fluss aus Waschmittel und überquerten das Tal der Wäscheklammern.

Während ihrer Reise lernten sie, die Geschichten und Besonderheiten jedes Mitglieds ihrer Gruppe zu schätzen. Sie verstanden, dass jede Socke, egal wie unterschiedlich sie auch sein mochte, ihren eigenen Wert und Zweck hatte.

Am Ende ihrer Reise entdeckten sie eine geheime Höhle, in der alle vermissten Sockenpaare friedlich zusammenlebten. Sammy fand seinen Partner, und auch Susi, Willy und Tina wurden mit ihren vermissten Partnern wiedervereint.

Das Abenteuer lehrte sie, dass wahre Freundschaft darin besteht, Unterschiede zu akzeptieren und die Einzigartigkeit jedes Einzelnen zu schätzen. Und so lebten sie glücklich in Sockonia, wo jeder Tag ein neues Abenteuer und eine neue Geschichte zu erzählen war.

55. DAS SCHIFF, DAS AUF DEN WOLKEN SEGELTE

Jenseits der Horizonte, wo das Meer den Himmel küsst, gab es ein Schiff, das nicht nur auf den Ozeanen, sondern auch in den Wolken segelte. Es wurde "Himmelswanderer" genannt.

Der Kapitän dieses besonderen Schiffes war Lior, ein mutiger Seemann mit einer Vorliebe für Abenteuer. Sein Schiff hatte spezielle Segel, die von Sternenstaub durchzogen waren, wodurch es die Fähigkeit hatte, vom Meer in den Himmel aufzusteigen.

Eines Tages hörte Lior von einer verborgenen Wolkenstadt namens "Nebula Nova", die zwischen den mächtigen Cumulonimbus-Wolken versteckt war. Es wurde gesagt, dass die Stadt aus schillernden Kristallen gemacht war und dass der, der sie fand, den Segen des Windes erhalten würde.

Mit seiner neugierigen Crew machte sich Lior auf die Suche nach dieser versteckten Stadt. Sie segelten durch Wolkenmeere, vorbei an fliegenden Fischen und begegneten Vögeln, die Geschichten aus fernen Ländern sangen.

Während ihrer Reise begegneten sie Aurora, einer Wolkenwächterin, die das Geheimnis der Nebula Nova kannte. Aber sie stellte Lior eine Bedingung: Um den Ort der Stadt zu erfahren, musste er ihr das schönste Lied vorsingen, das er kannte.

Lior nahm seine alte Gitarre und sang ein Lied von fernen

Küsten, mutigen Herzen und der unendlichen Weite des Ozeans. Aurora war so bewegt, dass sie ihnen den Weg wies.

Schließlich, nach Tagen des Segelns, erreichten sie Nebula Nova. Die Stadt war noch schöner, als sie es sich vorgestellt hatten, mit Türmen, die in den Himmel ragten und Straßen aus reinem Licht.

Als Zeichen seiner Dankbarkeit gab der Bürgermeister von Nebula Nova Lior eine kleine Flasche gefüllt mit Windessenz. Mit dieser Essenz konnte der "Himmelswanderer" schneller als jeder Sturm segeln.

Zurück auf dem Meer wurden Lior und seine Crew zu Legenden, das mutige Team, das nicht nur die Ozeane, sondern auch den Himmel eroberte. Und obwohl viele Jahre vergangen sind, sprechen die Menschen immer noch von dem Schiff, das auf den Wolken segelte.

56. DAS GEHEIMNIS DES VERZAUBERTEN HOLZES

In einem kleinen Dorf am Rande des Waldes lebte Timo, ein bescheidener Tischler, der für seine meisterhaften Holzarbeiten bekannt war. Sein Atelier war voll von kunstvoll geschnitzten Möbeln, von Stühlen mit filigranen Mustern bis zu Betten mit kunstvollen Kopfteilen.

Eines Morgens, während Timo im Wald Holz sammelte, stolperte er über einen verborgenen Pfad, der zu einem alten, moosbedeckten Baum führte. Die Blätter dieses Baumes schimmerten in seltsamen Farben, und seine Rinde fühlte sich warm an, fast so, als würde sie pulsieren.

Timo, neugierig und fasziniert, entschied sich, ein kleines Stück von diesem besonderen Holz mit nach Hause zu nehmen. Als er anfing, das Holz zu bearbeiten, bemerkte er, dass es fast von selbst Form annahm, als würde es ihm seine Wünsche flüstern.

Aus dem verzauberten Holz fertigte er eine kleine Schatulle. Aber diese Schatulle war nicht gewöhnlich. Nachts öffnete sie sich und leuchtete, beleuchtete das ganze Zimmer mit einem sanften Licht und spielte eine beruhigende Melodie.

Das Gerücht über die magische Schatulle verbreitete sich schnell im Dorf, und bald kamen Menschen von weit her, um ein Stück von Timos verzaubertem Holz zu erwerben. Doch Timo blieb bescheiden und fertigte nur Dinge, von denen er glaubte, dass sie einen wahren Zweck erfüllen würden.

Als die Jahre vergingen, begann der magische Baum im Wald zu welken, und Timo wusste, dass die Zeit gekommen war, das Geheimnis des Baumes zu bewahren. Er pflanzte um den alten Baum herum Samen, die er in der Schatulle gefunden hatte, und sang das Lied, das die Schatulle jede Nacht spielte.

Zu seiner Überraschung wuchsen aus den Samen neue Bäume, die genauso leuchteten und pulsierten wie der alte Baum.

Timo verstand, dass der magische Baum ihm nicht nur ein Geschenk in Form von verzaubertem Holz gegeben hatte, sondern auch eine Verantwortung, den Wald für zukünftige Generationen zu bewahren.

Und so, in diesem kleinen Dorf am Rande des Waldes, lebte der Tischler Timo, nicht nur als ein Handwerker, sondern auch als ein Hüter der Geheimnisse des Waldes.

57. DER REGENSCHIRM, DER DEN REGEN VERMISSTE

In einer lebhaften Stadt, bekannt für ihr sonniges Wetter, lebte ein alter Regenschirm namens Rufus. Er war ein prächtiger Regenschirm, mit tiefblauen Farben und silbernen Mustern, der jahrelang in einem verschlossenen Schrank eines kleinen Ladens verstaubte.

Das Sonderbare an Rufus war, dass er den Regen vermisste. In einer Stadt, in der es selten regnete, hatte er nie wirklich eine Gelegenheit, seinem Zweck zu dienen. Er träumte davon, den sanften Kuss der Regentropfen auf seinem Stoff zu spüren und jemanden vor einem plötzlichen Schauer zu schützen.

Eines Tages wurde der Laden von einer jungen Frau namens Lena besucht. Sie war eine Reisende und hatte von einem bevorstehenden Regensturm in der Stadt gehört. Als sie Rufus sah, war sie von seiner Schönheit beeindruckt und kaufte ihn.

Als der erwartete Regen kam, war Rufus überglücklich. Er spürte das kühle Nass auf sich niederprasseln und schützte Lena stolz. Unter ihm fühlte sie sich geborgen und trocken, während die Stadt um sie herum von einem seltenen Regen gewaschen wurde.

Nach dem Regen bedankte sich Lena bei Rufus und sagte ihm,

dass sie noch viele Orte zu besuchen hatte, an denen es oft regnet. Sie lud ihn ein, ihr Begleiter auf ihren Reisen zu sein. Rufus, voller Freude, willigte ein.

Zusammen bereisten sie Regenwälder, durchquerten monsungetränkte Länder und spazierten durch neblige Küstenstädte. Überall, wo sie hingingen, war Rufus dabei, bereit, Lena und alle, die sie trafen, vor dem Regen zu schützen.

Und so, von einer staubigen Ecke in einem sonnigen Städtchen, wurde Rufus zu einem weltreisenden Regenschirm, der das Abenteuer und die Freude des Regens in vollen Zügen genoss.

58. DIE BIBLIOTHEK DER UNGESCHRIEBENEN GESCHICHTEN

Am Rande der Wirklichkeit, verborgen hinter den Schleiern der Zeit, befand sich eine besondere Bibliothek: Die Bibliothek der ungeschriebenen Geschichten. Hier wurden Ideen und Träume aufbewahrt, die noch nie zu Papier gebracht wurden.

Die Bibliothekarin, Frau Elyra, war keine gewöhnliche Person. Sie war in der Lage, die Gedanken und Fantasien der Menschen zu hören, die gerade dabei waren, eine Geschichte zu ersinnen, diese aber nie aufschrieben. Mit einem magischen Federkiel sammelte sie diese ungeschriebenen Geschichten und platzierte sie in ihren endlosen Regalen.

Eines Tages betrat ein junger Mann namens Milo die Bibliothek. Er war ein Schriftsteller mit einer Schreibblockade. Elyra erkannte seine Not und führte ihn zu einem besonderen Abschnitt der Bibliothek.

"Das sind Geschichten, die darauf warten, erzählt zu werden", sagte sie, während sie ihm ein leuchtendes Buch reichte.

Milo begann zu lesen und war erstaunt über die wunderbaren Geschichten, die sich darin befanden. Mit Elyras Erlaubnis begann er, die ungeschriebenen Geschichten niederzuschreiben, und fand so seine verlorene Inspiration wieder.

Während seiner Zeit in der Bibliothek entstand eine tiefe Freundschaft zwischen Milo und Elyra. Gemeinsam arbeiteten sie daran, die ungeschriebenen Geschichten der Welt in Worte zu fassen.

Schließlich, mit einem Rucksack voller Bücher, verließ Milo die Bibliothek, um diese Geschichten mit der Welt zu teilen. Elyra blieb zurück, immer lauschend, immer bereit, eine neue ungeschriebene Geschichte zu bewahren.

Und so, zwischen den Grenzen von Realität und Fantasie, lebt die Bibliothek der ungeschriebenen Geschichten weiter, ein Zeuge der unendlichen Kraft der Vorstellungskraft und der Magie der Worte.

59. DER TANZ DER VERLORENEN UHREN

In einem stillen Winkel des Universums, wo Zeit und Raum sich kreuzten, gab es einen geheimnisvollen Ort namens "Die Halle der verlorenen Uhren". Hierher kamen alle Uhren, die im Laufe der Zeit verloren, vergessen oder zurückgelassen wurden.

Diese Uhren lebten nicht still vor sich hin. Jede Nacht, wenn die kosmische Mitternacht nahte, begannen sie zu schwingen, zu ticken und schließlich zu tanzen. Von großen Standuhren, die einen majestätischen Walzer tanzten, bis hin zu kleinen Taschenuhren, die einen flotten Jive wagten, jede Uhr fand ihren Rhythmus.

Mittendrin war Celia, eine winzige Sanduhr, die sich immer unsichtbar fühlte neben all den prächtigen Uhren. Sie hatte das Gefühl, nicht wirklich dazuzugehören, da ihr Ticken und Tacken so anders war.

Eines Tages, während eines besonders lebhaften Tanzes, rutschte Celia von ihrem Podest und fiel zu Boden, wobei ihr Sand herausfloss. Die anderen Uhren hielten inne und sahen zu. In ihrer Verzweiflung begann Celia, sich im Rhythmus ihres auslaufenden Sandes zu wiegen, und ein neuer Tanz entstand.

Die anderen Uhren waren fasziniert. Eine nach der anderen schlossen sie sich ihrem Tanz an, wobei sie sich von Celias einzigartigem Rhythmus inspirieren ließen. Was als ein Moment der Traurigkeit begonnen hatte, wurde zu einer atemberaubenden Darbietung von Einheit und Akzeptanz.

Von jenem Tag an wurde Celia nicht mehr als die kleine,

unscheinbare Sanduhr gesehen, sondern als das Herz der Halle. Sie lehrte alle Uhren, dass es nicht die Größe oder die Pracht ist, die zählt, sondern die Fähigkeit, wahre Schönheit in den einfachsten Momenten zu finden.

Und so, Nacht für Nacht, in der Halle der verlorenen Uhren, tanzten sie zusammen, erinnerten sich an vergangene Zeiten und feierten die Gegenwart, verbunden durch den unaufhaltsamen Fluss der Zeit.

60. DAS GEHEIMNIS DES STERNENFALTERS

In einem kleinen Dorf namens Sternenlicht lebten Menschen, die die Gabe besaßen, Sterne zu falten. Ja, das hast du richtig gehört: Sterne! Aber diese Sterne waren nicht heiß und brennend, sondern aus einem besonderen silbernen Papier, das nachts in ihrem Dorf vom Himmel fiel.

Die Sterne wurden von den Dorfbewohnern liebevoll gefaltet und an Kinder in der ganzen Welt verschickt. Wenn ein Kind einen solchen Stern in die Hand nahm und einen Wunsch machte, dann leuchtete der Stern auf und erfüllte den Wunsch.

Eines Tages, als Luna, ein junges Mädchen aus dem Dorf, draußen spielte, entdeckte sie einen riesigen Stern, der nicht wie die anderen aus Papier, sondern aus Samt zu sein schien. Es war der Sternenfalter!

Die Legende besagte, dass der Sternenfalter nur einmal alle hundert Jahre erscheint und dem Finder drei besondere Wünsche gewährt. Luna war überglücklich und dachte sorgfältig über ihre Wünsche nach.

Für ihren ersten Wunsch bat sie um einen Tag, an dem alle Menschen der Welt nur lachten und glücklich waren. Der Sternenfalter schwang seine Flügel, und so geschah es. An jenem Tag konnte man auf der ganzen Welt nur Lachen und Freude hören.

Für ihren zweiten Wunsch wollte Luna, dass alle Tiere des

Waldes für einen Tag sprechen konnten. Und wieder schwang der Sternenfalter seine Flügel. An jenem Tag war der Wald voller Gespräche, Lachen und Geschichten von Abenteuern, die die Tiere erlebt hatten.

Bevor sie ihren letzten Wunsch aussprach, überlegte Luna lange. Schließlich wünschte sie sich, dass der Sternenfalter nie wieder so lange warten muss, um jemandem Freude zu bereiten. Der Sternenfalter lächelte und verwandelte sich in tausend kleine Sternenfalter, die in alle Richtungen davonflogen, um Kindern auf der ganzen Welt Freude zu bringen.

Luna kehrte glücklich nach Hause zurück, wissend, dass sie die Welt ein wenig schöner gemacht hatte. Und wenn du nachts in den Himmel schaust und einen kleinen funkelnden Stern siehst, könnte das einer der Sternenfalter sein, der darauf wartet, dir Freude zu bringen.

Gute Nacht, kleiner Träumer. Träume süß von den Wundern des Universums.

61. DAS LIED DES MONDVOGELS

Es gab einmal ein Dorf, tief versteckt zwischen schimmernden Bergen, das nie den Klang des Gesangs gehört hatte. Es war nicht so, dass die Bewohner nicht singen wollten; sie konnten es einfach nicht. Jedes Mal, wenn sie es versuchten, kam nur Stille heraus.

Eines Nachts, während alle schliefen, landete ein strahlender Vogel mit silbernem Gefieder auf dem Dach des höchsten Hauses des Dorfes. Es war der Mondvogel, bekannt dafür, die süßesten Melodien zu trillern, die jemals gehört wurden.

Er begann zu singen, und sein Lied erfüllte die Luft, durchbrach die Stille und drang in die Träume der schlafenden Dorfbewohner ein. Als sie aufwachten, trugen sie das Lied in ihren Herzen und fanden, dass sie nun singen konnten!

Das ganze Dorf war in Aufregung. Überall, wo man hinging, hörte man Menschen, die ihre neu entdeckten Stimmen benutzten, um Lieder des Glücks, der Liebe und der Hoffnung zu singen.

Ein kleines Mädchen namens Mira, fasziniert von dem Mondvogel, beschloss, ihn zu fragen, wie er das Dorf mit dem Geschenk des Gesangs gesegnet hatte. Der Mondvogel antwortete: "Die Musik war immer in euch, sie war nur verschlossen. Mein Lied war der Schlüssel, um sie zu befreien."

Mira lächelte und bat den Vogel, mit ihr zu singen. Ihre Stimmen erhoben sich gemeinsam, und ihr Duett war so schön, dass sogar die Sterne näher rückten, um zuzuhören.

Als Dank für seine Großzügigkeit bauten die Dorfbewohner dem Mondvogel ein Nest aus goldenen Fäden und schimmernden Steinen, damit er immer bei ihnen bleiben konnte. Aber der Mondvogel erklärte, dass er weiterziehen musste, um anderen Dörfern und Städten zu helfen, ihre Musik zu finden.

Bevor er ging, flüsterte er Mira ein Geheimnis ins Ohr: "Jeder hat ein Lied in seinem Herzen. Man muss nur den Mut haben, es zu singen."

Und so, mit dem Geschenk des Gesangs und dem Wissen um die Kraft der Musik, wurde das Dorf zu einem Ort des Lachens, der Freude und vor allem des Gesangs. Und immer, wenn jemand besonders laut sang, konnte man das leise Echo des Mondvogels hören, der in der Ferne sang und anderen half, ihr Lied zu finden.

62. DAS VERSCHOLLENE KÖNIGREICH DER FARBEN

Es war einmal ein Land, das komplett in Grautönen gehalten war. Alles – von den Bäumen, über die Häuser bis hin zu den Tieren – war grau. Das Land hatte den Namen Graustein und seine Bewohner hatten noch nie Farben gesehen.

Ein mutiger Junge namens Timo hatte Geschichten von einem verschollenen Königreich der Farben gehört, das jenseits der Nebelberge liegen sollte. Angetrieben von Neugier und dem Wunsch, seinem Land Farbe zu bringen, machte er sich auf die Reise.

Es war kein leichtes Unterfangen. Er durchquerte dunkle Wälder, überwand reißende Flüsse und kletterte über steile Berggipfel. Doch mit jeder Hürde wuchs Timos Entschlossenheit.

Eines Tages, nach vielen Wochen des Reisens, erreichte er das Tal der Regenbögen. Hier traf er auf eine alte Frau mit einem Kleid, das in allen Farben des Regenbogens schillerte. Sie stellte sich als Hüterin der Farben vor.

Timo erklärte ihr seinen Wunsch, und die Hüterin, berührt von seiner Entschlossenheit, gab ihm einen Pinsel und ein Farbtopf-Set. "Mit diesen Farben kannst du Graustein wieder zum

Leuchten bringen. Aber denke daran, wahre Schönheit kommt von innen. Die Farben sind nur ein Spiegel des Herzens", sagte sie.

Mit den Farben im Gepäck kehrte Timo nach Graustein zurück. Zunächst bemalte er ein großes Wandgemälde in der Mitte des Dorfplatzes. Es zeigte einen strahlenden Regenbogen, der den Himmel durchbrach. Als die Bewohner es sahen, fühlten sie eine Wärme und Freude, die sie lange nicht gespürt hatten.

Inspiriert von Timos Mut und der Schönheit des Wandgemäldes, begannen auch andere, ihre Häuser, Straßen und Kleidung zu bemalen. Das Grau wich einem Meer aus Farben, und die Freude der Menschen erstrahlte heller als je zuvor.

Graustein wurde zu einem bunten Paradies, und die Menschen lebten glücklich und zufrieden. Sie sangen Lieder über den mutigen Jungen und die Magie der Farben, und so wurde Timo zur Legende, und seine Geschichte wurde von Generation zu Generation weitererzählt.

63. DER TANZ DER LEISEN BLÄTTER

In einem weit entfernten Wald, in dem die Bäume so hoch waren, dass sie den Himmel zu berühren schienen, gab es eine besondere Jahreszeit, die von den Tieren als "Das Flüstern" bezeichnet wurde.

Während dieser Zeit veränderten die Blätter nicht nur ihre Farbe, sondern auch ihre Form. Sie wurden leichter, transparenter, fast wie zarte Flügel. Und wenn der Wind wehte, fingen sie an zu tanzen, sich in der Luft zu drehen und zu wenden, als ob sie zum Rhythmus einer unsichtbaren Musik tanzten.

Ein junges Reh namens Lila war besonders fasziniert von diesem Phänomen. Sie liebte es, stundenlang unter den tanzenden Blättern zu liegen und ihrem leisen Rascheln zuzuhören. Aber sie hatte eine Frage, die niemand zu beantworten wusste: Warum tanzten die Blätter nur während des Flüsterns?

Entschlossen, das Geheimnis zu lüften, beschloss Lila, dem Flüstern der Blätter zu folgen und herauszufinden, woher die Musik kam. Ihre Reise führte sie zu einem alten Weisen, der in der Mitte des Waldes in einem Baumhaus aus Bernstein lebte.

Der Weise erzählte Lila von einem alten Zauber, der vor langer Zeit auf den Wald gelegt wurde. Die Blätter tanzten zum Lied der Erde, einer Melodie, die nur sie hören konnten. Dieses Lied war eine Erinnerung daran, dass alles im Leben vergänglich ist und dass man jeden Moment schätzen sollte.

Lila verstand und fühlte eine tiefe Dankbarkeit für die Schönheit des Waldes und die Geheimnisse, die er barg. Sie kehrte zu ihrem Lieblingsplatz unter den Bäumen zurück und legte sich nieder, lauschend dem Tanz der Blätter und dem leisen Lied der Erde.

Von diesem Tag an erzählte Lila die Geschichte von ihrer Entdeckung allen Tieren im Wald. Und jedes Jahr, während des Flüsterns, kamen sie zusammen, um unter den tanzenden Blättern zu liegen, sich an die Vergänglichkeit des Lebens zu erinnern und jeden Moment zu schätzen.

64. DAS RÄTSEL DER SINGENDEN STEINE

In einem kleinen Küstendorf namens Maris befand sich eine besondere Bucht. Hier, verstreut im Sand, lagen Steine, die zu singen schienen. Jeden Morgen, wenn die ersten Sonnenstrahlen die Erde küssten, erklang aus der Bucht eine Melodie, so klar und schön, dass sie das Herz jedes Zuhörers berührte.

Niemand wusste, warum diese Steine sangen, und viele Geschichten rankten sich um dieses Phänomen. Die Ältesten sagten, es sei der Gesang der Meerjungfrauen, während die Kinder glaubten, es seien die Stimmen von verzauberten Meerestieren.

Ein mutiger Junge namens Finn war entschlossen, das Geheimnis der singenden Steine zu lüften. Mit einer Tasche, gefüllt mit Proviant, und einer Karte, die er selbst gezeichnet hatte, machte er sich auf den Weg.

Finn beobachtete die Steine tagelang. Er bemerkte, dass die Melodie besonders laut war, wenn der Mond und die Sonne am Himmel standen. Während einer solchen Dämmerstunde näherte sich eine alte Frau mit silbernem Haar und einem Kleid, das wie das Meer funkelte, Finn.

Sie stellte sich als Nerea vor, eine Hüterin der Meeresgeheimnisse. Sie erklärte Finn, dass die singenden Steine einst gewöhnliche Steine waren. Doch vor langer Zeit hatte ein mächtiger Zauberer, der die Schönheit und den

Frieden des Ozeans liebte, ihnen Leben eingehaucht. Er gab ihnen die Fähigkeit zu singen, damit sie die Geschichten und Erinnerungen des Meeres erzählen konnten.

Jeder Stein trug eine Geschichte in sich - von mutigen Seefahrern, von verlorenen Schätzen, von Meeresbewohnern und von der unendlichen Tiefe des Ozeans.

Nerea gab Finn einen kleinen singenden Stein als Zeichen ihrer Begegnung. "Dieser Stein erzählt deine Geschichte, Finn. Deine Neugier, deinen Mut und deine Liebe zum Meer", sagte sie.

Finn kehrte mit dem Stein in der Hand nach Maris zurück und erzählte jedem von seiner Begegnung und der wahren Geschichte der singenden Steine. Von diesem Tag an wurde die Bucht ein heiliger Ort, und die Menschen kamen von weit her, um den Geschichten der Steine zu lauschen und sich an die Magie und das Mysterium des Meeres zu erinnern.

65.   LEAS TRAUMTOR

In einem kleinen Städtchen namens Wiesenfeld gab es ein Mädchen, das mehr als alles andere Fußball liebte. Ihr Name war Lea, und sie war für ihr Alter unglaublich talentiert. Während die anderen Mädchen sich in der Pause oft unterhielten oder auf dem Spielplatz schaukelten, sah man Lea immer mit einem Fußball unter dem Arm, der die Jungs herausforderte.

Aber Lea hatte ein Problem. Trotz ihres Talents wurde sie oft von den älteren Kindern belächelt, besonders von den Jungen aus der lokalen Jugendmannschaft. "Mädchen können nicht wirklich Fußball spielen", spotteten sie oft.

Doch anstatt sich entmutigen zu lassen, nutzte Lea diese Worte als Motivation. Sie trainierte hart, oft bis nach Sonnenuntergang, und ließ keinen Tag aus. Ihre Entschlossenheit blieb nicht unbemerkt. Der Trainer der Jugendmannschaft, Herr Müller, hatte ein Auge auf sie geworfen.

Eines Tages kam er auf Lea zu und bot ihr an, beim nächsten großen Spiel der Jugendmannschaft mitzuspielen. Die Nachricht verbreitete sich schnell, und viele waren skeptisch. Aber Lea war bereit.

Der Spieltag kam, und das Stadion war bis zum letzten Platz gefüllt. Das Spiel begann, und die Spannung war greifbar. Lea zeigte von Beginn an, was in ihr steckte. Mit flinken Füßen und klarem Kopf ließ sie Gegner nach Gegner stehen.

Doch das Spiel blieb torlos. Es waren nur noch fünf Minuten

zu spielen. Plötzlich erhielt Lea den Ball, dribbelte an zwei Gegenspielern vorbei und stand plötzlich allein vor dem Tor. Ohne zu zögern, zog sie ab und schoss den Ball mit einem satten Knall ins Netz. Das Stadion brach in Jubel aus!

Nach dem Spiel kamen viele der Jungs, die sie früher belächelt hatten, um sich zu entschuldigen und sie zu beglückwünschen. Lea hatte bewiesen, dass Talent und Entschlossenheit keine Geschlechtergrenzen kennen.

Von diesem Tag an wurde Lea nicht nur als großartige Fußballspielerin, sondern auch als Inspiration für alle Mädchen und Jungen in Wiesenfeld gefeiert, die daran erinnert wurden, dass man mit Leidenschaft und Hingabe alle Barrieren überwinden kann.

66. MAX UND DIE MAGIE DER GLEISE

Max wohnte in einer Stadt, die von zwei Dingen geprägt war: den sanft rollenden Hügeln und den glänzenden Eisenbahnschienen, die sich durch sie hindurchschlängelten. Jeden Morgen stand Max am Fenster seines Schlafzimmers und beobachtete die Züge, wie sie vorbeifuhren, und träumte davon, eines Tages Lokführer zu sein.

Sein Großvater war einst Lokführer gewesen und hatte ihm oft Geschichten von seinen Reisen erzählt - von verschneiten Berggipfeln, die er überquert hatte, von weit entfernten Städten und von der Magie, die in den Gleisen lag.

Max war fasziniert von diesen Erzählungen. Er wollte die Welt sehen, wollte am Steuer einer mächtigen Lokomotive sitzen und die Freiheit der offenen Gleise spüren. Er las Bücher über Züge, baute Modelleisenbahnen und besuchte oft den örtlichen Bahnhof, um den Lokführern Fragen zu stellen.

Als Max 12 Jahre alt wurde, schenkte ihm sein Großvater ein altes Tagebuch. Es gehörte seinem Ur-Ur-Großvater, der einer der ersten Lokführer in ihrer Stadt war. Das Tagebuch war gefüllt mit Skizzen von Zügen, technischen Notizen und Geschichten von Abenteuern.

Besonders eine Geschichte zog Max in ihren Bann. Sie handelte von einem verborgenen Gleis, das zu einem geheimen Ort führte, an dem Züge nicht von Kohle oder Strom angetrieben wurden, sondern von den Träumen und Wünschen der Menschen.

Mit dem Tagebuch in der Hand begann Max, nach diesem geheimen Gleis zu suchen. Er folgte den alten Karten, entschlüsselte Rätsel und erkundete verlassene Bahnstrecken.

Eines Tages, nach Monaten der Suche, entdeckte er in einem Waldstück ein altes, verrostetes Gleis. Er folgte ihm und fand einen verlassenen Bahnhof mit einem schimmernden Zug, der bereit schien, in die Ferne zu fahren.

Ein alter Lokführer erschien und stellte sich als Wächter dieses geheimen Ortes vor. Er sagte, dass dieser Zug von den Hoffnungen und Träumen der Menschen angetrieben wurde. Max durfte den Zug steuern und fühlte die pure Magie der Gleise.

Als er zurückkehrte, wusste er, dass sein Traum, Lokführer zu werden, kein gewöhnlicher Job war. Es war eine Berufung, geprägt von Abenteuern, Geschichten und der Magie der Züge. Mit neuem Elan setzte er seine Ausbildung fort und wurde schließlich einer der besten Lokführer seiner Generation, immer mit der Erinnerung an das magische Gleis im Herzen.

67. AMELIAS GEHEIMER PFAD

Am Rande des Dorfes Altura, wo die Häuser allmählich den mächtigen Bergen weichen, lebte ein Mädchen namens Amelia. Sie war bekannt für ihre Neugier und ihren unstillbaren Drang, die Welt zu erkunden. Jeden Morgen sah sie hinauf zu den schneebedeckten Gipfeln und träumte davon, deren Geheimnisse zu entdecken.

Eines Morgens, als der Nebel sich über den Wäldern ausbreitete und die ersten Sonnenstrahlen den Tag begrüßten, beschloss Amelia, den höchsten Gipfel, den Pico de Luz, zu erklimmen. Viele Geschichten rankten sich um diesen Berg. Es hieß, dass an seiner Spitze ein geheimer Garten existiere, in dem die Sterne wachsen würden.

Mit einem Rucksack voll Proviant und einer Karte, die sie von ihrer Großmutter geerbt hatte, machte Amelia sich auf den Weg. Der Anstieg war steil und die Pfade oft unsichtbar. Doch Amelias Entschlossenheit war unerschütterlich.

Nach einigen Stunden stieß sie auf einen alten Steinpfad, der nicht auf ihrer Karte verzeichnet war. Von Neugierde getrieben, folgte sie diesem Weg und fand sich bald in einem Wald aus blauen Bäumen wieder. Die Blätter schimmerten im Sonnenlicht und der Wind trug die Melodie eines alten Liedes.

Plötzlich trat eine ältere Frau mit langen weißen Haaren und einem Gewand, das an den Himmel erinnerte, aus dem Schatten der Bäume. Sie stellte sich als Wächterin des Berges vor und erzählte Amelia, dass dieser Pfad nur jenen gezeigt wurde, die wirklich suchten.

Amelia teilte ihr den Wunsch mit, den geheimen Garten zu sehen. Die Wächterin lächelte und führte sie weiter den Pfad hinauf. Nach einer Weile erreichten sie eine Lichtung, auf der Tausende von leuchtenden Blumen blühten, die wie Sterne in der Nacht funkelten.

Die Wächterin erklärte, dass diese Sterne die Träume und Hoffnungen der Menschen darstellen. Jeder, der den Garten besucht, pflanzt unbewusst einen Stern mit seinem tiefsten Wunsch.

Amelia war überwältigt von der Schönheit des Gartens und der Bedeutung, die er trug. Sie dankte der Wächterin und machte sich, mit einem eigenen Stern leuchtend neben den anderen, auf den Rückweg.

Zurück im Dorf erzählte sie von ihrer Begegnung und dem geheimen Garten. Von diesem Tag an wurde Amelia nicht nur als Entdeckerin, sondern auch als Botschafterin der Hoffnung bekannt. Jeder, der ihren Geschichten lauschte, wurde daran erinnert, an seine Träume zu glauben und die Magie in der Welt zu suchen.

68. DAS GEHEIMZIMMER DER BIBLIOTHEK

In der kleinen Stadt Lindenberg gab es eine ganz besondere Schule: die Rosenwald-Grundschule. Das Gebäude war über hundert Jahre alt und hatte hohe Decken, knarrende Holzböden und lange, schattenhafte Gänge. Aber das Geheimnisvollste an der Schule war die riesige Bibliothek.

Eines Tages stolperte Anna, eine neugierige Siebtklässlerin, über ein altes Buch mit dem Titel "Geschichten aus dem Rosenwald". Darin las sie von einem verborgenen Raum in der Bibliothek, der nur durch das Lösen eines Rätsels gefunden werden konnte.

Brennend vor Neugier beschloss Anna, dieses Rätsel zu knacken. Sie verbrachte Stunden in der Bibliothek, studierte alte Bücher, schaute hinter Regale und suchte nach Hinweisen. Ihre Freunde Lukas und Mia schlossen sich ihr an, angezogen von der Idee eines Abenteuers.

Nach Tagen des Suchens entdeckten sie einen verblassten Schriftzug auf dem Boden hinter einem Bücherregal: "Die Wahrheit liegt zwischen den Zeilen". Das Trio begann, die Bücher näher zu betrachten, bis Mia schließlich ein Buch fand, dessen Seiten dicker waren als gewöhnlich.

Als sie es öffnete, entdeckte sie einen alten Schlüssel und eine Karte der Bibliothek. Die Karte zeigte einen geheimen Gang hinter dem Geschichtsbereich. Mit klopfendem Herzen schlichen sie dorthin und entdeckten tatsächlich eine versteckte

Tür.

Hinter der Tür fanden sie einen atemberaubenden Raum, gefüllt mit seltenen Büchern, magischen Artefakten und einer riesigen Himmelskarte an der Decke, die die Sterne in Echtzeit zeigte. In der Mitte des Raumes stand ein Podest mit einem alten Tagebuch.

Das Tagebuch gehörte dem Gründer der Schule, Herrn Rosenwald. Er hatte diesen Raum als Ort des Lernens und der Entdeckung für besonders neugierige Schüler eingerichtet. Er glaubte, dass wahre Bildung über das hinausging, was in Klassenzimmern gelehrt wurde, und hoffte, dass die Schüler ihre eigene Neugier und Leidenschaft für das Lernen entdecken würden.

Das Trio beschloss, den Raum zu bewahren und ihn in einen Club für junge Entdecker zu verwandeln. Bald strömten Schüler aus allen Klassen in den Raum, um zu lesen, zu lernen und Geheimnisse zu entdecken.

Die Nachricht von Annas Entdeckung verbreitete sich schnell, und die Bibliothek wurde zum Herzstück der Schule. Es wurde gesagt, dass die Rosenwald-Grundschule nicht nur Wissen, sondern auch das Geheimnis des Entdeckens lehrte. Und das alles dank eines neugierigen Mädchens und einem alten, vergessenen Raum.

69. DAS FLÜSTERNDE GEMÄLDE

Im Herzen der Stadt Glimmertal, in einem großen, staubigen Museum, hing ein besonderes Gemälde, das die Bewohner seit Generationen faszinierte. Es zeigte eine mysteriöse Frau mit langen, silbernen Haaren, die in einem verzauberten Wald stand. Aber das Bemerkenswerteste an diesem Bild war, dass es flüsterte.

Marie, eine junge Museumsführerin, war besonders von dem Gemälde fasziniert. Jedes Mal, wenn sie daran vorbeiging, hörte sie ein leises Flüstern, das Worte wie "Freiheit", "Suche" und "Schlüssel" zu wiederholen schien.

Getrieben von Neugier begann Marie, nach Informationen über das Bild zu suchen. Sie stöberte in alten Archiven und las Geschichten über das Gemälde. Dabei entdeckte sie, dass es von einem Künstler namens Eldric gemalt wurde, der in der Stadt lebte und verschwand, kurz nachdem er das Bild vollendet hatte.

Eines Abends, nachdem das Museum geschlossen hatte, beschloss Marie, vor dem Gemälde zu meditieren und auf das Flüstern zu hören. Plötzlich schien der Wald im Bild lebendig zu werden. Die Bäume wogten, der Nebel bewegte sich, und die silberhaarige Frau streckte ihre Hand aus und lud Marie ein.

Bevor sie es realisierte, befand sich Marie im verzauberten Wald des Gemäldes. Sie spürte die Magie in der Luft und folgte dem Pfad, den die Frau ihr gezeigt hatte. Am Ende des Pfades fand sie eine verlassene Hütte. Als sie eintrat, entdeckte sie eine Staffelei mit einem unvollendeten Bild und daneben einen goldenen Schlüssel.

Als sie den Schlüssel aufhob, fühlte Marie eine plötzliche Welle von Erinnerungen und Emotionen. Sie verstand, dass der Schlüssel der Schlüssel zu Eldrics Freiheit war. Er war im eigenen Gemälde gefangen und konnte nur durch die Vollendung des Bildes in der Hütte befreit werden.

Marie setzte sich hin und begann zu malen. Als das Bild fertig war, verwandelte sich der Wald zurück in das Gemälde, und Marie stand wieder im Museum. Doch jetzt war das Bild verändert. Die silberhaarige Frau war nicht mehr allein; an ihrer Seite stand ein Mann mit funkelnden Augen – Eldric.

Am nächsten Morgen staunten die Museumsbesucher über das veränderte Gemälde. Marie wurde als Heldin gefeiert, die nicht nur ein historisches Rätsel gelöst, sondern auch einen Künstler aus seiner eigenen Kunst befreit hatte.

Das flüsternde Gemälde flüsterte nie wieder, aber es wurde zu einem Zeugnis für die Magie der Kunst und die Kraft der Entschlossenheit.

70. DER UNERWARTETE CHAMPION

Tim war nicht immer ein begeisterter Schwimmer gewesen. In der Tat, die meisten seiner Kindheit hatte er eine heimliche Angst vor tiefem Wasser. Doch all das änderte sich, als er zwölf wurde und seine Familie in die Nähe eines großen Sees zog. An langen Sommerabenden beobachtete er, wie die anderen Kinder ins Wasser sprangen und sich mit Freude und Leichtigkeit im See tummelten.

Eines Tages, angetrieben vom Wunsch, seine Angst zu überwinden, trat Tim dem örtlichen Schwimmclub bei. Unter der geduldigen Anleitung seines Trainers, Herrn Müller, begann er, seine Technik zu verfeinern und das Wasser nicht mehr als Feind, sondern als Freund zu sehen.

Ein Jahr später kündigte der Schwimmclub den jährlichen Sommer-Schwimmwettbewerb an. Tim war unsicher, ob er teilnehmen sollte, aber mit Ermutigung von Herrn Müller und seinen Freunden meldete er sich schließlich an.

Am Tag des Wettbewerbs war der See ein Schauspiel von Farben und Aktivitäten. Kinder jeden Alters bereiteten sich auf ihre Rennen vor, und die Luft war erfüllt von Aufregung und Erwartung. Tim spürte ein Kribbeln im Bauch, aber er erinnerte sich an all die Stunden des Trainings und zog Kraft daraus.

Das Rennen begann mit einem lauten Hupen. Tim tauchte ins Wasser und fühlte sofort die Kühle um ihn herum. Er konzentrierte sich auf seinen Atem, seine Bewegungen und die Linie am Boden des Sees, die den Weg vorgab. Runde um Runde schwamm er, manchmal fühlte er, wie andere Schwimmer ihn überholten, aber er ließ sich nicht beirren.

Als er schließlich die Ziellinie erreichte, war er atemlos und erschöpft, aber überglücklich. Er hatte es geschafft! Er hatte an seinem ersten Schwimmwettbewerb teilgenommen und war bis zum Ende durchgehalten!

Doch die größte Überraschung kam, als die Ergebnisse verkündet wurden. Tim hatte den dritten Platz in seiner Altersklasse erreicht! Der Junge, der einst Angst vor dem Wasser hatte, stand nun auf dem Siegertreppchen, eine Medaille um den Hals und ein strahlendes Lächeln im Gesicht.

Die Geschichte von Tims Erfolg wurde zur Legende im Schwimmclub. Es war nicht nur ein Sieg im Schwimmen, sondern auch ein Triumph über die eigenen Ängste. Und es diente als Erinnerung daran, dass mit Entschlossenheit, harter Arbeit und einem unterstützenden Team jeder Hindernisse überwinden und seine Träume verwirklichen kann.

71. DAS VERZAUBERTE DORF

Lena und ihre Familie waren es gewohnt, ihren Urlaub an den gleichen, bekannten Orten zu verbringen - mal am Strand, mal in den Bergen. Doch dieses Jahr, inspiriert von einem alten Reiseführer, den sie auf einem Flohmarkt gefunden hatten, entschieden sie sich, etwas Neues auszuprobieren: Sie wollten das abgelegene Dorf Solara in den Tiefen eines unbekannten Tals besuchen.

Als sie nach einer langen Fahrt durch verwinkelte Bergstraßen in Solara ankamen, waren sie von seiner Schönheit überwältigt. Das Dorf war von dichten Wäldern umgeben, und in seiner Mitte plätscherte ein kristallklarer Fluss. Die Häuser waren aus Stein, mit farbenfrohen Dächern und blühenden Gärten.

Am ersten Abend im Dorf besuchten sie das jährliche Sommerfest. Die Dorfbewohner, in traditionellen Gewändern gekleidet, tanzten zu Volksmusik und boten leckere regionale Spezialitäten an. Lena und ihre Familie fühlten sich sofort willkommen und wurden in die Feierlichkeiten einbezogen.

Am nächsten Tag erfuhren sie von einem alten Dorfbewohner von einer versteckten Lagune, die nur wenige kannten. Mit einer handgezeichneten Karte machten sie sich auf den Weg. Nach einer Wanderung durch den dichten Wald kamen sie an einen Ort, der so magisch war, dass er wie aus einem Märchen zu sein schien: Ein türkisblauer See, umgeben von hohen Felsen und Wasserfällen, in denen Regenbögen tanzten.

Lena entdeckte in der Lagune einen kleinen, halb versunkenen

Stein mit einer Inschrift, die lautete: "Diejenigen, die Solara mit offenem Herzen besuchen, werden immer Glück in ihrem Leben haben." Sie spürte eine tiefe Verbindung zu diesem Ort und seiner Geschichte.

Die Tage vergingen wie im Flug, und bald war es Zeit für Lena und ihre Familie, Solara zu verlassen. Aber sie nahmen nicht nur Erinnerungen mit, sondern auch das Gefühl, einen magischen Ort entdeckt zu haben, der sie immer wieder zurückrufen würde.

Jahre später, als Lena ihren eigenen Kindern von ihren Reisen erzählte, sprach sie immer wieder von Solara, dem verzauberten Dorf, und der magischen Lagune, die ihr Leben auf unerklärliche Weise bereichert hatte. Und sie wusste, dass sie eines Tages mit ihnen zurückkehren würde, um die Magie erneut zu erleben.

72. DAS GEHEIMNIS DER STERNENKARTE

In einem kleinen Städtchen namens Lumen lebte ein Junge namens Max, der sich leidenschaftlich für den Nachthimmel interessierte. Jede Nacht kletterte er auf das Dach seines Hauses, legte sich auf eine Decke und beobachtete stundenlang die Sterne.

Eines Tages, während Max im Keller nach alten Büchern suchte, stieß er auf eine alte, verstaubte Kiste. Darin fand er eine wunderschön gezeichnete Sternenkarte, die anders aussah als alles, was er je gesehen hatte. Die Sterne waren in Formen und Mustern angeordnet, die ihm unbekannt waren, und in der Mitte der Karte befand sich ein leuchtender, funkelnder Stein.

Max war fasziniert und verbrachte die nächsten Tage damit, die Karte zu studieren. Er bemerkte, dass einige Sterne heller markiert waren als andere und entschied sich, diese Sterne in der kommenden Nacht zu suchen.

Als die Dunkelheit hereinbrach, kletterte Max mit der Sternenkarte auf das Dach. Er begann, den Himmel mit der Karte zu vergleichen, und stellte fest, dass die heller markierten Sterne genau den Positionen der Sterne am Himmel entsprachen. Als er sie alle miteinander verband, formten sie ein Bild: das einer großen Eule mit ausgebreiteten Flügeln.

Plötzlich begann der Stein in der Mitte der Karte zu leuchten und erhellte die Nacht. Aus dem leuchtenden Licht erschien die Eule, so groß und majestätisch wie auf der Karte, und schwebte über Max.

Die Eule sprach: "Du hast das Geheimnis der Sternenkarte gelüftet. Als Belohnung gewähre ich dir einen Wunsch."

Max war überwältigt, aber nach kurzem Nachdenken sagte er: "Ich wünsche mir, die Geschichten und Geheimnisse des Universums zu kennen."

Die Eule nickte, berührte Max mit einer Feder, und plötzlich füllten sich Max' Gedanken mit Geschichten von fernen Galaxien, von Sternen, die vor Äonen geboren wurden, und von den unendlichen Wundern des Kosmos.

Die Eule verschwand so plötzlich, wie sie gekommen war, und hinterließ Max mit einem Herzen voller Staunen und einem Geist voller Wissen.

Max wusste, dass er dieses Wissen nicht für sich behalten konnte. Er verbrachte den Rest seines Lebens damit, die Geschichten des Universums mit den Menschen um ihn herum zu teilen und die Wunder des Nachthimmels einem jeden nahe zu bringen, der bereit war, hinaufzuschauen und zu träumen.

73. DIE KREUZFAHRT DES RÄTSELS

An einem sonnigen Morgen bestiegen Laura, Niklas und Elena, drei unzertrennliche Freunde seit ihrer Kindheit, das beeindruckende Kreuzfahrtschiff "Mystic Ocean". Sie waren bereit für ihr großes Abenteuer auf hoher See. Das Schiff sollte sie zu exotischen Inseln, lebhaften Städten und traumhaften Stränden bringen.

Gleich am ersten Abend, nach einem festlichen Dinner, entdeckten die Freunde in einer versteckten Ecke der Schiffsbibliothek ein altes, verstaubtes Buch. Der Titel lautete: "Das Geheimnis der sieben Meere". Neugierig blätterten sie darin und stießen auf eine Karte, die den Weg zu einem versteckten Schatz auf einer der Inseln zeigte, die sie besuchen würden.

Das Abenteuer rief, und die drei Freunde beschlossen, dem Geheimnis auf den Grund zu gehen. Mit der Karte in der Hand, machten sie sich bei jedem Landgang auf die Suche nach Hinweisen. An jeder Destination fanden sie kleine, verborgene Symbole, die mit denen auf der Karte übereinstimmten.

Als sie schließlich die Insel "Perla Azura" erreichten, wussten sie, dass der Schatz hier versteckt sein musste. Mit Spaten und Karte ausgerüstet, wanderten sie in den tiefen Dschungel der Insel. Stunden vergingen, bis sie an einer alten Ruine ankamen. Dort fanden sie einen Steintisch mit sieben Löchern. Laura erinnerte sich an die sieben Symbole, die sie gesammelt hatten, und platzierte sie in den richtigen Löchern des Tisches.

Mit einem leisen Klicken öffnete sich eine verborgene Kammer im Boden, die zu einer Höhle führte. Dort fanden sie nicht Gold oder Juwelen, sondern eine alte Flasche mit einer Nachricht darin. Sie lautete: "Der wahre Schatz ist nicht das Gold, sondern die Abenteuer und Erinnerungen, die du auf deiner Reise sammelst."

Die Freunde schauten sich lächelnd an, realisierten, dass das Abenteuer, das sie gemeinsam erlebt hatten, tatsächlich unbezahlbar war. Sie kehrten zum "Mystic Ocean" zurück und feierten ihr Erlebnis, das sie für immer miteinander verbinden würde.

Und obwohl sie keinen materiellen Schatz fanden, hatten Laura, Niklas und Elena etwas noch Wertvolleres entdeckt: Die Bedeutung wahrer Freundschaft und dass das größte Abenteuer darin liegt, das Unbekannte zu erforschen und die eigenen Grenzen zu überschreiten.

74. LIAS REGENTANZ UND DAS LICHT DES ABENDS

In einem kleinen Dorf, umgeben von sanften Hügeln und blühenden Wiesen, lebte ein Mädchen namens Lia. Anders als die anderen Kinder, die sich bei Regen drinnen versteckten, liebte Lia den Regen über alles. Sie liebte das Gefühl von Regentropfen auf ihrer Haut und das Plätschern des Wassers um sie herum.

Jedes Mal, wenn dunkle Wolken den Himmel bedeckten, schnappte sich Lia ihre Regenstiefel und tanzte hinaus ins Freie. Sie drehte und wirbelte, ließ ihre Arme fliegen und lachte laut auf. Es schien, als würde sie mit dem Regen tanzen, als wären sie alte Freunde, die sich in einem freudigen Tanz vereinten.

Aber Lias Liebe zur Natur endete nicht mit dem Regen. Nach jedem Gewitter blieb sie draußen und setzte sich auf die nasse Wiese, um das beeindruckendste Schauspiel der Natur zu beobachten: den Sonnenuntergang. Sie liebte die Art, wie die Farben sich am Horizont vermischten – das tiefe Orange, das zarte Rosa und das glühende Rot. Für Lia waren diese Momente magisch, als würde der Himmel Geschichten aus fernen Welten erzählen.

Die Dorfbewohner bemerkten Lias besonderen Bezug zur Natur und nannten sie oft "das Mädchen, das mit dem Himmel spricht". Viele kamen zu ihr, um mehr über die Wunder des Himmels zu erfahren. Und Lia erzählte ihnen Geschichten, die sie sich aus den Formen der Wolken und den Farben des Himmels ausdachte.

Mit der Zeit wurde Lias Zuhause ein Treffpunkt für alle, die die Schönheit der Natur schätzen wollten. Jeden Abend versammelten sich Menschen aus dem Dorf um sie herum, tanzten im Regen und saßen dann still da, um den Sonnenuntergang zu beobachten.

Und so wurde Lia nicht nur das Mädchen, das im Regen tanzte, sondern auch die Hüterin von Geschichten, die der Himmel zu erzählen hatte. Sie lehrte ihr Dorf, dass es in jedem Wetter, sei es Regen oder Sonnenschein, eine Schönheit und eine Geschichte zu entdecken gibt, wenn man nur genau hinsieht und sich von der Magie der Natur berühren lässt.

75. DAS FLIEGENDE TEESERVICE

In der kleinen Stadt Nebelfeld gab es einen geheimnisvollen Antiquitätenladen, der von einer alten Dame namens Frau Agatha geführt wurde. Der Laden war voll von den merkwürdigsten Gegenständen: Uhren, die rückwärtsliefen, Spiegel, die in vergangene Zeiten blickten, und Vasen, die flüsterten. Aber das merkwürdigste von allen war ein altes Teeservice, das in der Lage war zu fliegen.

Das Teeservice war nicht immer fliegend gewesen. Es gehörte einst einer Prinzessin, die es liebte, auf dem Dach ihres Schlosses Tee zu trinken und die Sterne zu beobachten. Eines Tages wünschte sie sich, dass ihr Teeservice sie zu den Sternen tragen könnte. Ein vorbeiziehender Zauberer hörte ihren Wunsch und verlieh dem Teeservice die Fähigkeit zu fliegen.

Jahre vergingen, und das Teeservice ging von Hand zu Hand, bis es schließlich in Frau Agathas Antiquitätenladen landete. Sie wusste nichts von seiner magischen Fähigkeit, bis eines Tages ein junger Mann namens Leo den Laden betrat.

Leo war ein Abenteurer und Träumer. Er verliebte sich sofort in das Teeservice und kaufte es. Als er es zu Hause auspackte und den Deckel der Teekanne öffnete, begann das gesamte Set plötzlich zu schweben. Bevor er es wusste, flog Leo über Nebelfeld, getragen von einem fliegenden Teetisch.

Das Abenteuer begann. Leo reiste von Stadt zu Stadt, trank Tee über Wolken, tanzte mit Vögeln und plauderte mit Drachen. Das fliegende Teeservice wurde zu seinem treuesten Begleiter. Überall, wo er hinging, erzählte er Geschichten von seinen Reisen und lud Fremde ein, sich ihm für eine Tasse Tee in den Wolken anzuschließen.

Die Nachricht von Leos fliegendem Teeservice verbreitete sich, und bald wollten Menschen aus der ganzen Welt ein Stück dieser Magie erleben. Leo und sein Teeservice wurden zu Legenden.

Jahre später kehrte Leo nach Nebelfeld zurück und gab das Teeservice an Frau Agatha zurück. Er hatte beschlossen, dass es Zeit war, anderen die Chance zu geben, ihre eigenen Abenteuer zu erleben. Das Teeservice blieb im Laden, wartend auf den nächsten Träumer, der bereit war, in die Sterne zu fliegen.

Und so, in einem kleinen Antiquitätenladen in Nebelfeld, wartet ein altes Teeservice auf sein nächstes Abenteuer, bereit, Magie in das Leben eines jeden zu bringen, der daran glaubt.

76.   MAX UND DER TRAUM VOM HIMMEL

Max war ein Junge, der immer höher hinaufwollte. Wann immer ein Flugzeug den Himmel durchzog, blieb er stehen und starrte hinauf, seine Augen voller Staunen und Bewunderung. Sein größter Wunsch war es, eines Tages als Pilot durch die Wolken zu segeln und die Welt von oben zu betrachten.

In der Schule zeichnete Max ständig Flugzeuge. Große Passagierjets, kleine Sportflugzeuge, Doppeldecker aus alten Zeiten - er kannte sie alle. Sein Zimmer war voller Modelle und Poster von Flugzeugen und Flughäfen.

An seinem zehnten Geburtstag schenkten ihm seine Eltern einen Rundflug über ihre Stadt. Als Max das kleine Flugzeug betrat und der Pilot ihm das Cockpit zeigte, klopfte sein Herz vor Aufregung. Während des Fluges spürte er eine Freiheit und Ruhe, die er noch nie zuvor gefühlt hatte. Die Welt sah von oben so anders aus, so friedlich und verbunden.

Nach dem Flug wusste Max es sicher: Er würde Pilot werden. Er fing an, Bücher über Fliegerei zu lesen, besuchte Flugschulen und lernte von erfahrenen Piloten. Es war nicht immer einfach; Fliegen erforderte Geschick, Wissen und Durchhaltevermögen. Aber Max war entschlossen.

Jahre vergingen, und Max' Traum rückte näher. Er bestand alle seine Prüfungen mit Bravour und bekam schließlich seine Fluglizenz. Sein erster Solo-Flug war ein Moment, den er nie vergessen würde. Als er allein im Cockpit saß, die Motoren startete und das Flugzeug in den Himmel steuerte, fühlte er sich als Herr der Lüfte.

Max wurde ein erfahrener Pilot und flog Menschen zu entfernten Orten. Er liebte es, die Sonne über den Wolken aufgehen zu sehen und den Sternenhimmel in klaren Nächten zu betrachten. Aber das Wichtigste für ihn war, dass er anderen Menschen die Magie des Fliegens näherbringen konnte.

Eines Tages, als Max ein kleines Kind am Flughafen sah, das mit großen Augen zu den Flugzeugen aufblickte, erkannte er sich selbst wieder. Er lächelte und dachte daran, wie wichtig es ist, seinen Träumen zu folgen, egal wie hoch sie einen führen mögen.

77. DER DRACHE UND DAS VERLORENE DORF

In den nebligen Bergen von Hartholm existierte eine Legende über einen mächtigen Drachen namens Auron. Er war nicht wie die Drachen, von denen man in Geschichten hörte, die Schätze horteten und Prinzessinnen entführten. Auron war ein Hüter der Natur und beschützte die verborgenen Geheimnisse der Welt.

Eines Tages, während Auron ruhig auf einem Berggipfel ruhte, hörte er ein leises Weinen aus der Ferne. Neugierig flog er zum Ursprung des Geräusches und fand ein verlorenes Dorf, umgeben von vertrockneten Feldern und kahlen Bäumen. Die Bewohner des Dorfes litten unter einer langen Dürre, und ihre Hoffnung war nahezu verschwunden.

Ein mutiges Mädchen namens Nia trat vor und sprach zu Auron. "Großer Drache, wir brauchen deine Hilfe. Unsere Ernte ist verdorrt, und unsere Quellen sind ausgetrocknet. Kannst du uns helfen?"

Auron, berührt von Nias Mut und dem Leid des Dorfes, nickte. "Ich werde tun, was ich kann", versprach er.

In den folgenden Tagen führte Auron Regentänze auf den Höhen der Berge auf, sang Lieder, die die Wolken herbeiriefen, und benutzte seine mächtigen Flügel, um die Winde zu lenken. Bald begannen dunkle Wolken den Himmel zu bedecken, und sanfter Regen nährte die durstige Erde.

Unter Aurons Pflege erwachten die Felder wieder zum Leben. Bäume sprießten frische Blätter, und die Quellen füllten sich erneut. Das Dorf blühte auf, und Dankbarkeit erfüllte die Herzen der Bewohner.

Zum Dank für seine Hilfe schenkten sie Auron eine Krone aus Blumen und goldenen Bändern. Jedes Jahr feierte das Dorf ein Fest zu seinen Ehren und sang Lieder von dem Drachen, der das verlorene Dorf gerettet hatte.

Auron kehrte in die Berge zurück, aber er besuchte das Dorf oft, jedes Mal, wenn er das fröhliche Lachen der Kinder hörte oder den süßen Duft von Blumen roch, der in die Berge hinaufstieg.

Die Geschichte von Nia und Auron wurde in den Liedern von Hartholm weitergegeben, ein ewiges Symbol für Hoffnung, Zusammenarbeit und die magische Bindung zwischen Menschen und Natur.

78. Das letzte Rennen des Leo "Blitz" Martinez

In der pulsierenden Welt des Motorsports gab es kaum jemanden, der noch nie von Leo "Blitz" Martinez gehört hatte. Mit einer beeindruckenden Bilanz von siebzehn Siegen in nur drei Jahren war er ein Phänomen auf der Rennstrecke. Seine Fähigkeit, in den engsten Kurven zu überholen und jedes Rennen als wären es sein letztes zu fahren, machte ihn zur Legende.

Das "Große Canyon-Rennen" stand vor der Tür, und es war bekannt als das gefährlichste und anspruchsvollste Autorennen der Welt. Die Strecke führte durch tiefe Schluchten, dichte Wälder und steile Bergpässe. Viele Fahrer mieden das Rennen, aber für Leo war es eine Herausforderung, die er annehmen musste.

Am Rennmorgen war die Spannung in der Luft fast greifbar. Tausende von Fans strömten zum Startpunkt, ihre Augen fest auf die schimmernde Flotte von Supersportwagen gerichtet. Unter den Fahrern war auch Luna Rodriguez, eine aufstrebende Rennfahrerin und Leos engste Konkurrentin.

Das Rennen begann mit einem ohrenbetäubenden Brüllen der Motoren. Leo startete stark, aber Luna blieb dicht hinter ihm. Die beiden Fahrer wechselten sich an der Spitze ab, wobei jeder Zentimeter der Strecke umkämpft war.

In der letzten Runde, als sie die gefährlichste Kurve des Canyons erreichten, machte Luna einen mutigen Überholversuch. Ihre Wagen kamen gefährlich nah aneinander, Reifen quietschten und Funken flogen. In einem Herzschlagmoment schaffte es Luna, vor Leo zu ziehen.

Aber Leo gab nicht auf. Mit einer letzten Anstrengung, einer Kombination aus Geschick und Mut, nutzte er eine schmale Lücke und überholte Luna wenige Meter vor dem Ziel. Das Publikum jubelte, als Leo "Blitz" Martinez als Erster die Ziellinie überquerte.

Nach dem Rennen, erschöpft aber glücklich, gratulierte Luna Leo und sagte: "Das war das intensivste Rennen meines Lebens. Du bist wirklich der Beste."

Leo lächelte und antwortete: "Heute vielleicht, aber ich sehe Großes in dir, Luna. Das nächste Rennen könnte deins sein."

Die beiden verließen die Strecke als Rivalen auf dem Asphalt, aber Freunde im Herzen. Ihre Geschwindigkeitsduelle würden in die Geschichte des Motorsports eingehen, ein Zeugnis für Leidenschaft, Mut und den unermüdlichen Geist des Wettbewerbs.

79. DAS GEHEIMNIS DER INSEL TARO

Inmitten des tiefblauen Ozeans, umgeben von einer flüsternden Brandung und einem sternenklaren Himmel, lag die Insel Taro. Die Insel war nicht groß, aber sie war von dichtem, grünem Dschungel bedeckt und von goldenen Stränden umgeben. Obwohl viele Seefahrer von ihrer Existenz wussten, wagten nur wenige, sie zu besuchen, denn es wurde gesagt, dass Taro ein Geheimnis barg.

Eines Tages erreichte eine junge Entdeckerin namens Aria die Insel. Mit ihrem Kompass in der Hand und einem Abenteuergeist im Herzen war sie entschlossen, das Geheimnis der Insel zu lüften. Während sie durch den Dschungel wanderte, hörte sie leise Melodien, die durch die Bäume wehten, als würden die Blätter selbst singen.

Nach Stunden des Wanderns entdeckte Aria eine verborgene Lagune. Das Wasser war kristallklar und in der Mitte ragte ein großer, alter Baum hervor. Seine Wurzeln erstreckten sich tief in das Wasser, und in seinem Stamm war eine Tür eingraviert.

Neugierig näherte sich Aria der Tür und fand neben ihr eine alte Inschrift. Sie las: "Das Herz der Insel schlägt in dir. Singe das Lied, das du gehört hast, und der Weg wird sich öffnen."

Aria erinnerte sich an die Melodie, die sie im Wald gehört hatte, und begann leise zu singen. Als ihre Stimme die Luft erfüllte, begann die Tür zu vibrieren und öffnete sich langsam. Dahinter lag eine leuchtende Höhle, in der Tausende von Glühwürmchen tanzten.

Im Zentrum der Höhle schwebte ein leuchtendes Herz. Es pulsierte im Rhythmus von Arias Gesang und schien die ganze Insel mit Energie zu versorgen.

Aria erkannte, dass das Herz der Insel tatsächlich die Kraft der Musik und Harmonie war. Sie verstand, dass die Melodien, die sie gehört hatte, die Lieder der Inselbewohner waren, die das Herz beschützten und nährten.

Als Zeichen ihrer Dankbarkeit sang Aria ein Lied des Friedens und der Dankbarkeit. Das Herz der Insel strahlte noch heller und schickte Wellen von Musik und Licht in alle Richtungen.

Als Aria die Insel verließ, nahm sie das Geheimnis von Taro mit sich. Sie erzählte den Menschen von der magischen Kraft der Musik und wie sie Welten verbinden und Herzen heilen kann.

Und so lebte das Geheimnis der Insel Taro weiter, ein ewiges Lied von Liebe, Harmonie und Abenteuer.

80. DAS ABENTEUER VON LUNA UND SOL

In der gemütlichen Stadt Mondtal lebten zwei besondere Katzen: Luna, eine elegante schwarze Katze mit funkelnden grünen Augen, und Sol, ein mutiger, sonnengelber Kater mit bernsteinfarbenen Augen. Trotz ihrer Unterschiede waren sie die besten Freunde und unzertrennlich.

Eines Tages, während sie auf dem Fenstersims lagen und die Vögel beobachteten, bemerkten sie einen schillernden Schmetterling, der anders aussah als alle anderen. Er hatte Flügel, die wie ein Regenbogen schimmerten. Fasziniert von diesem wunderschönen Wesen entschieden sich Luna und Sol, ihm zu folgen.

Der Schmetterling führte sie durch die Stadt, über dichte Wälder und schließlich zu einer verborgenen Lichtung. In der Mitte der Lichtung stand ein großer, alter Baum, der von hunderten dieser regenbogenfarbenen Schmetterlinge umgeben war.

Als sie sich dem Baum näherten, sahen sie eine kleine Tür an seiner Basis. Neugierig schob Luna die Tür auf, und zu ihrer Überraschung fanden sie einen leuchtenden Kristall in Form eines Schmetterlings.

Sol berührte vorsichtig den Kristall, und plötzlich wurden sie von einem warmen Licht umgeben. Als das Licht verblasste, standen sie in einer anderen Welt. Überall um sie herum schwebten leuchtende Schmetterlinge, und die Bäume waren aus purem Gold.

Ein älterer Schmetterling, größer und strahlender als die anderen, kam auf sie zu und sagte: "Willkommen in unserem Königreich, Luna und Sol. Wir haben euch gerufen, weil wir eure Hilfe brauchen. Unser Kristall des Lichts ist erloschen, und ohne ihn wird unsere Welt verblassen."

Luna und Sol, ohne zu zögern, erklärten sich bereit zu helfen. Nachdem sie viele Rätsel gelöst und mutig Gefahren überwunden hatten, entdeckten sie, dass der wahre Kristall des Lichts die Freundschaft zwischen ihnen war. Ihre unzertrennliche Verbindung beleuchtete den Kristall wieder.

Dankbar für ihre Hilfe, verlieh der ältere Schmetterling ihnen Flügel, die nur für einen Tag anhielten. Luna und Sol flogen durch das Königreich, spielten mit den Schmetterlingen und genossen ihre Zeit in dieser magischen Welt.

Als der Tag zu Ende ging, wurden sie zurück nach Mondtal gebracht, die Flügel verschwanden, aber die Erinnerungen blieben.

Zurück in ihrer Stadt, kuschelten sie sich auf ihrem Fenstersims aneinander und träumten von ihrem Abenteuer. Sie wussten, dass, egal wo sie hingingen, ihre Freundschaft immer der Schlüssel zu den größten Schätzen des Lebens wäre.

81. MORITZ UND DER STERNENHUND

Moritz war ein aufgeweckter 10-jähriger Junge mit leuchtenden blauen Augen und einer unbändigen Fantasie. In seiner Freizeit blickte er gerne in den nächtlichen Himmel und träumte davon, das Weltall zu erkunden. Eines Abends, als er auf seinem Balkon saß und in den Sternenhimmel schaute, fiel ein leuchtender Stern direkt in seinen Garten.

Neugierig rannte Moritz in den Garten und fand zu seiner Überraschung keinen Stein, sondern einen kleinen goldenen Hund, der von Kopf bis Schwanz in funkelndem Licht erstrahlte. Der Hund blickte Moritz mit großen, neugierigen Augen an und wedelte freundlich mit dem Schwanz.

Moritz nannte ihn "Sterno", und es dauerte nicht lange, bis die beiden unzertrennlich wurden. Sterno war jedoch kein gewöhnlicher Hund. Nachts konnte er hoch in den Himmel fliegen und Moritz zu weit entfernten Sternen und Galaxien bringen.

Jede Nacht begaben sich die beiden auf neue Abenteuer. Sie besuchten die Ringe des Saturn, tanzten auf den Wolken des Jupiters und rasten durch die Milchstraße. Aber das beeindruckendste Erlebnis war der Besuch eines Planeten, der vollständig aus Kristall bestand und in allen Farben des Regenbogens funkelte.

Doch mit all diesen Abenteuern kam auch eine wichtige Lektion. Eines Abends, als sie durch den Weltraum flogen, verloren sie den Weg nach Hause. Inmitten der unendlichen Weite des

Kosmos fühlte sich Moritz verloren und ängstlich. Aber Sterno, mit seinem leuchtenden Fell, wurde zu einem Leuchtfeuer der Hoffnung. Der kleine Hund erinnerte Moritz daran, dass, egal wie groß oder verwirrend das Universum auch sein mag, es immer einen Weg nach Hause gibt, solange man an sich selbst und seine Freunde glaubt.

Mit dieser Erkenntnis fanden die beiden schließlich den Weg zurück zur Erde und zu ihrem geliebten Zuhause.

Jahre vergingen, und obwohl Sterno eines Tages in den Himmel zurückkehrte, vergaß Moritz nie die Abenteuer, die sie gemeinsam erlebt hatten. Er wurde Astronom und erzählte jedem von seinem besten Freund, dem Sternenhund, und den wunderbaren Weltraumabenteuern, die sie gemeinsam erlebt hatten.

Die Geschichte von Moritz und Sterno wurde zu einer Legende, ein Beweis dafür, dass Freundschaft keine Grenzen kennt und dass Wunder möglich sind, wenn man nur fest genug daran glaubt.

82. Die Reise der "Windgeflüster"

Das Segelschiff "Windgeflüster" war bekannt in allen Häfen von Nord bis Süd. Mit seinen weißen Segeln, die im Wind tanzten, und dem dunklen Holz seines Rumpfes war es ein majestätischer Anblick.

An Bord des "Windgeflüster" war Captain Lena, eine mutige Seefahrerin mit eisblauen Augen und einem Herzen voller Abenteuerlust. Unter ihrer Führung segelte die Crew zu den entlegensten Ecken der Welt, auf der Suche nach unentdeckten Inseln und verborgenen Schätzen.

Eines Tages, als die Karte wieder einmal auf dem großen Holztisch im Kapitänsquartier ausgerollt wurde, zeigte ein alter Navigator namens Samuel auf einen unmarkierten Punkt im Ozean. "Das, Captain," sagte er mit zitternder Stimme, "ist der Ort der Legenden. Es wird gesagt, dass sich dort eine Insel verbirgt, die nur einmal alle hundert Jahre erscheint."

Das Interesse der Crew war geweckt, und sie setzten Kurs auf das Mysterium. Wochen vergingen, in denen sie durch ruhige Gewässer und wilde Stürme segelten. Jeder Tag brachte neue Herausforderungen, aber unter Lenas kompetenter Führung blieb die Moral hoch.

Eines Morgens, als die ersten Strahlen der Sonne den Horizont erleuchteten, rief der Ausguck von oben: "Land in Sicht!" Vor ihnen erstreckte sich eine Insel mit goldenen Stränden, türkisfarbenem Wasser und einem dichten, unberührten Dschungel.

Als sie an Land gingen, entdeckten sie eine Welt, die von der Zeit vergessen schien. Exotische Tiere, die in keinem Buch beschrieben waren, tummelten sich zwischen den Bäumen, und die Pflanzen schienen in leuchtenden Farben zu strahlen.

In der Mitte der Insel fanden sie einen alten Tempel, der von einer silbernen Quelle gespeist wurde. Das Wasser aus dieser Quelle hatte magische Eigenschaften; es heilte Wunden und gab denen, die es tranken, ein Gefühl von Frieden und Klarheit.

Captain Lena und ihre Crew verbrachten Tage auf der Insel, lernten ihre Geheimnisse kennen und füllten ihre Trinkflaschen mit dem magischen Wasser. Aber sie wussten, dass sie nicht ewig bleiben konnten.

Als sie die "Windgeflüster" erreichten, sahen sie, wie die Insel langsam im Nebel verschwand, um erst in einem weiteren Jahrhundert wieder aufzutauchen.

Mit vollen Herzen und Geschichten, die Generationen überdauern würden, setzte die Crew ihre Reise fort, immer wissend, dass das wahre Abenteuer nicht im Finden, sondern im Suchen liegt. Und so segelte die "Windgeflüster" weiter, getragen von den Winden des Schicksals und den Träumen derer, die an Bord waren.

83. DER MAGISCHE KIRSCHBAUM UND DIE ZWEI FREUNDE

In einem kleinen Dorf, eingebettet zwischen sanften Hügeln und blühenden Wiesen, stand ein alter Kirschbaum, der in der Mitte des Dorfplatzes stand. Der Baum war bekannt für seine ungewöhnlich süßen und saftigen Kirschen, aber noch bemerkenswerter war die Geschichte, die er trug.

Vor langer Zeit waren zwei Kinder, Elara und Milo, in diesem Dorf aufgewachsen. Sie waren von Geburt an Freunde gewesen, spielten unter dem Kirschbaum, kletterten auf seine Äste und träumten gemeinsam von großen Abenteuern. Mit jedem Sommer, der verging, schnitzten sie ein Symbol ihrer Freundschaft in den Stamm des Baumes: zwei verschlungene Herzen.

Aber wie es oft im Leben ist, kam die Zeit, in der Milo mit seiner Familie in eine weit entfernte Stadt ziehen musste. Die Trennung war schwer, und beide versprachen, sich nie zu vergessen.

Die Jahre vergingen, und obwohl sie Briefe schrieben, verblassten die Erinnerungen langsam. Elara blieb im Dorf und kümmerte sich um den alten Kirschbaum, während Milo in der Stadt zu einem erfolgreichen Geschäftsmann wurde.

Eines Tages, nach vielen Jahrzehnten, kehrte ein alter Mann mit grauem Haar und Falten im Gesicht nach langer Abwesenheit ins Dorf zurück. Es war Milo. Als er den Dorfplatz betrat und den Kirschbaum sah, fielen ihm die Tränen. Denn trotz seiner alten, knorrigen Rinde trug der Baum immer noch die beiden verschlungenen Herzen von damals.

Elara, nun auch eine alte Frau, kam aus ihrem Haus und erkannte ihren Freund sofort. Die beiden umarmten sich, und in diesem Moment blühte der Kirschbaum auf, bedeckte den gesamten Dorfplatz mit einem rosa Blütenschauer.

Die Dorfbewohner staunten über das Wunder und erkannten, dass der Kirschbaum die Kraft der Freundschaft zwischen Elara und Milo gespeichert hatte. Ihre Bindung war so stark, dass sie Zeit und Entfernung überdauerte und den alten Baum erneut zum Leben erweckte.

In den folgenden Jahren trafen sich Elara und Milo jeden Tag unter dem Baum, erzählten Geschichten aus ihrem Leben und lachten über alte Erinnerungen. Und obwohl sie beide schließlich die Erde verließen, sagt man, dass ihre Seelen immer noch im Kirschbaum wohnen, der bis heute in voller Blüte steht und Zeuge einer Freundschaft ist, die ewig währt.

84. DER TAG, AN DEM DIE TIERE SPRACHEN

In der kleinen Stadt Schlummerstadt war jeder Morgen ziemlich gleich. Die Vögel zwitscherten, Katzen streunten herum, und Hunde bellten in der Ferne. Doch an einem besonderen Morgen änderte sich alles.

Die Bewohner von Schlummerstadt erwachten zu einem ungewöhnlichen Lärm. Anstelle von Vogelgezwitscher hörten sie Diskussionen aus den Bäumen. "Ich sage dir, der Osten ist die beste Richtung, um Würmer zu finden!" rief eine Amsel. "Ach, Unsinn! Der Westen hat das fettigste Futter!" widersprach ein Spatz.

Emma, eine 7-jährige, trat aus dem Haus und fand ihre Katze Flauschi in einer lebhaften Unterhaltung mit einem Eichhörnchen. "Du lässt meine Nüsse in Ruhe, und ich kratze nicht deine Couch. Abgemacht?" schlug das Eichhörnchen vor. "Abgemacht!", miaute Flauschi.

In der Stadtmitte sorgte ein Pferd für Verkehrsstau, indem es sich weigerte, weiterzugehen, bevor jemand seine Meinung über die besten Hufschmiede in der Gegend hörte. An einem nahegelegenen Teich versuchten Enten, Schwimmunterricht für interessierte Kinder anzubieten, während eine Gruppe von Mäusen einen Schnellimbiss für Käseliebhaber eröffnete.

Der Bürgermeister, Herr Müller, versuchte in einer Notfallsitzung mit Vertretern aus der Tierwelt die Ordnung wiederherzustellen. "Wir brauchen Regeln!", rief der Papagei aus dem Stadtpark. "Ich schlage vor, dass jeder Vogel mindestens zwei Stunden am Tag singen muss. Das hebt die Stimmung!"

Die Tiere und Menschen begannen, voneinander zu lernen. Die Menschen verstanden, dass Tiere Gefühle, Gedanken und sogar Humor hatten. Die Tiere hingegen lernten, dass Menschen nicht nur ihre Besitzer oder Betrachter waren, sondern auch Freunde und Partner.

Abends, als sich die Stadt beruhigte, versammelten sich alle im Stadtpark zu einem großen Fest. Hunde tanzten mit ihren Besitzern, Vögel sangen in Harmonie und Katzen teilten Geschichten über ihre neun Leben.

Am nächsten Morgen kehrte die Normalität nach Schlummerstadt zurück. Die Tiere sprachen nicht mehr, aber die Verbindung zwischen Menschen und Tier war stärker denn je. Kinder behandelten ihre Haustiere mit mehr Respekt, und Erwachsene lachten über die komischen Momente des vorherigen Tages.

Die Stadt Schlummerstadt würde nie mehr dieselbe sein. Der Tag, an dem die Tiere sprachen, wurde zu einer Legende, und jedes Jahr feierten die Einwohner diesen Tag mit einem großen Fest. Es war eine Erinnerung daran, dass, wenn wir nur hinhören, die Welt voller Wunder und Geschichten ist.

85. DAS FLIEGENDE BAUMHAUS

Mitten im dichten Wald hinter Leas Zuhause stand ein alter, knorriger Baum, den sie immer "den Wächter" nannte. Eines Tages bemerkte sie eine hölzerne Tür in seiner Rinde und darüber ein kleines Baumhaus, das zuvor nie da gewesen war.

Neugierig kletterte Lea hinauf und entdeckte im Inneren des Baumhauses eine große, altmodische Karte der Welt und einen Kompass, der seltsamerweise in der Luft schwebte. Als sie den Kompass berührte, begann das Baumhaus sanft zu vibrieren und erhob sich plötzlich in die Lüfte.

Bevor sie es realisieren konnte, schwebte Lea über den Dächern ihrer Stadt. Sie lenkte das Baumhaus mithilfe des Kompasses und beschloss, nach Ägypten zu fliegen. Binnen Minuten fand sie sich über den majestätischen Pyramiden von Gizeh wieder. Sie spürte die warme Wüstenluft und beobachtete die Kamele und Touristen, die wie Ameisen unter ihr wuselten.

Ihr nächster Halt war der Amazonas-Regenwald. Das Baumhaus senkte sich zwischen riesige Baumkronen, und Lea hörte das Zirpen und Zwitschern von Vögeln und Insekten. Ein freundlicher Tukan setzte sich auf das Geländer des Baumhauses und schenkte ihr eine glänzende Feder als Souvenir.

Dann steuerte sie nach Paris. Die Lichter der Stadt glänzten wie Sterne, als das Baumhaus neben dem Eiffelturm schwebte.

Lea konnte den Duft von frisch gebackenen Croissants und den leisen Klang von Straßenmusikanten in der Ferne hören.

Die Sonne begann zu sinken, und Lea dachte an Zuhause. Sie drehte den Kompass in Richtung ihres Hauses und spürte, wie das Baumhaus beschleunigte. Bald war sie wieder über dem alten Wächterbaum und das Baumhaus setzte sich sanft auf seinen Ast.

Als Lea den Kompass zurücklegte, verschwand die Tür des Baumhauses und der Baum sah wieder so aus wie immer. Aber in ihrer Tasche hatte sie eine glänzende Tukanfeder und Sandkörner von den Pyramiden – Erinnerungen an das größte Abenteuer ihres Lebens.

Jeden Tag besuchte sie den Baum, in der Hoffnung, das Baumhaus wiederzufinden. Und auch wenn es nie wieder erschien, wusste Lea, dass Abenteuer oft dort warten, wo man sie am wenigsten erwartet.

86. DAS SPRECHENDE TAGEBUCH

Als Jonas eines Tages den Dachboden seines Großvaters durchstöberte, stolperte er über ein altes, ledernes Tagebuch. Das Buch schien ihn förmlich anzuziehen. Als er es öffnete, las er die Worte "Vertrau mir deine Geheimnisse an, und ich werde dir mit Weisheit antworten."

Am selben Abend beschloss Jonas, das Tagebuch auszuprobieren. "Heute hat Tim mich wieder geärgert", murmelte er und schrieb es ins Tagebuch. Zu seiner Überraschung hörte er eine sanfte Stimme, die sagte: "Jeder hat seine Gründe. Hast du Tim je gefragt, warum er das tut?"

Jonas war erstaunt. Das Tagebuch hatte geantwortet! Er schrieb weiter über seine Träume, Ängste und Hoffnungen. Jedes Mal gab das Tagebuch ihm Ratschläge oder erzählte Geschichten, die ihm halfen, die Dinge aus einem anderen Blickwinkel zu sehen.

Eines Tages schrieb Jonas über sein Lampenfieber vor einem Schulvortrag. Das Tagebuch antwortete: "Atme tief durch, stelle dir das Publikum als Freunde vor und glaube an dich. Dein Wissen ist ein Geschenk, das du teilen kannst."

Die Ratschläge des Tagebuchs erwiesen sich als unschätzbar. Jonas spürte, wie er selbstbewusster wurde und sich Herausforderungen mutiger stellte. Er begann, das Tagebuch als seinen persönlichen Ratgeber zu betrachten.

Aber eines Tages, nachdem er dem Tagebuch von einem Streit

mit seiner besten Freundin Lisa erzählt hatte, antwortete das Tagebuch: "Jonas, manchmal ist das Beste, was man tun kann, zuzuhören und sich zu entschuldigen. Nicht alle Antworten findest du in mir. Du hast auch ein Herz, das dir den Weg weisen kann."

Jonas erkannte die Wahrheit in diesen Worten. Er suchte Lisa auf, entschuldigte sich und hörte ihr wirklich zu. Ihre Freundschaft wurde stärker als je zuvor.

Jahre vergingen, und Jonas legte das Tagebuch zurück auf den Dachboden, aber er bewahrte stets die Weisheit, die es ihm mitgegeben hatte. Als Jonas alt wurde, gab er das Tagebuch an seine Enkelin weiter und flüsterte: "Vertrau ihm deine Geheimnisse an, und es wird dir mit Weisheit antworten. Aber vergiss nicht, auch auf dein Herz zu hören."

87. DER MOND UND DIE STERNENKETTE

In einer klaren Nacht, als die Sterne hell am Himmel leuchteten, bemerkte der Mond, dass einer seiner kleinsten Sterne, ein funkelnder kleiner Punkt namens Stella, verschwunden war.

„Stella!", rief der Mond. „Wo bist du?"

Doch egal, wie sehr er suchte, er konnte Stella nirgendwo finden. Die anderen Sterne, die dicht beieinanderstanden, flüsterten besorgt miteinander.

Plötzlich hörte der Mond ein leises Weinen von weit unten. Es kam von der Erde herauf. Der Mond schaute nach unten und sah eine kleine Silberträne, die auf einem Berggipfel glänzte. Es war Stella.

„Warum bist du so weit von zu Hause weg, Stella?", fragte der Mond.

Stella schluchzte: „Ich wollte der Erde näher sein, um zu sehen, wie die Kinder träumen. Aber jetzt bin ich gefallen und kann nicht mehr zurück."

Der Mond dachte nach und hatte eine Idee. Er bat alle Sterne, eine lange Kette zu bilden und sich aneinanderzureihen. Der hellste Stern führte die Kette an und berührte Stella. Mit der Hilfe der Sternenkette wurde Stella langsam wieder zum Himmel gezogen.

Als sie wieder sicher am Himmel war, dankte Stella allen

Sternen und dem Mond. Der Mond lächelte und sagte: „Jeder von uns hat einen besonderen Platz am Himmel. Aber manchmal, wenn wir neugierig sind, können wir uns verlieren. Es ist immer gut, Freunde zu haben, die uns helfen."

Von diesem Tag an leuchtete Stella noch heller und erzählte jedem Stern von den wundervollen Träumen der Kinder. Und jedes Mal, wenn ein Kind auf die Erde blickte, sah es Stella blinken und wusste, dass dort oben jemand seine Träume bewachte.

Und während du diese Geschichte hörst, wacht Stella auch über deinen Schlaf und schickt dir süße Träume. Gute Nacht.

88. DER AUSSERIRDISCHE IM GARTEN

Eines Tages, als Lena in ihrem Garten spielte, hörte sie ein seltsames Zischen und sah ein kleines Raumschiff in ihrem Apfelbaum landen. Vorsichtig näherte sie sich und entdeckte einen kleinen Außerirdischen, der traurig aussah.

„Hallo", sagte Lena schüchtern.

Der Außerirdische sah auf und lächelte. „Hallo, ich bin Zilo aus dem Sternensystem Zeta. Mein Raumschiff hat eine Panne und ich weiß nicht, wie ich nach Hause komme."

Lena dachte nach. „Vielleicht kann mein Papa helfen, er repariert immer kaputte Sachen."

Zusammen gingen sie ins Haus und zeigten Lenas Papa das Raumschiff. Er kratzte sich am Kopf. „Ich habe noch nie ein Raumschiff repariert, aber ich kann es versuchen."

Während Lenas Papa am Raumschiff arbeitete, zeigte Lena Zilo ihre Lieblingsspiele und sie lernten mehr über die jeweils andere Welt. Zilo erzählte von den funkelnden Sternenstädten auf Zeta und Lena von ihrem Leben auf der Erde.

Als es Abend wurde und das Raumschiff immer noch nicht repariert war, schlug Lena vor, dass Zilo übernachten könnte. Sie bauten ein Zelt im Garten auf und erzählten sich Geschichten, bis sie einschliefen.

Am nächsten Morgen wurde Lena durch das Brummen

des Raumschiffs geweckt. Ihr Papa hatte es geschafft, das Raumschiff zu reparieren!

„Es ist Zeit für mich, nach Hause zu fliegen", sagte Zilo. „Aber ich werde dich nie vergessen, Lena."

„Ich werde dich auch nie vergessen", erwiderte Lena.

Zilo lächelte. „Wenn du nachts zum Himmel schaust und den hellsten Stern in Zeta siehst, denke daran, dass ich dort bin und an dich denke."

Mit einem Lächeln und einer Welle stieg Zilo in sein Raumschiff und flog davon, während Lena ihm nachschaute, in der Gewissheit, dass wahre Freundschaft keine Grenzen kennt.

89. DAS GEHEIME TAGEBUCH VON OMA MATHILDA

Eines Tages, während Marie den Dachboden ihrer Großmutter durchstöberte, stieß sie auf ein altes, verstaubtes Tagebuch. Es gehörte ihrer Urgroßmutter Mathilda. Marie begann neugierig darin zu lesen und entdeckte eine Geschichte, die sie noch nie zuvor gehört hatte.

Es war die Erzählung von einem verborgenen Schatz, den Mathilda als junges Mädchen zusammen mit ihrem besten Freund Heinrich versteckt hatte. Im Tagebuch waren Rätsel und Hinweise verzeichnet, die zum Versteck des Schatzes führten.

Von Aufregung gepackt, beschloss Marie, sich auf die Suche zu begeben. Der erste Hinweis lautete: „Unter dem alten Eichenbaum, wo der Schatten bei Sonnenaufgang hinzeigt."

Marie wusste genau, welchen Baum das Tagebuch meinte. Früh am nächsten Morgen, als die Sonne aufging, machte sie sich auf den Weg. Der Schatten der Eiche zeigte direkt auf eine Stelle, wo ein kleiner, herausragender Stein lag. Darunter fand Marie den nächsten Hinweis.

„Geh zum Teich, wo die Frösche singen, und suche dort, wo das Wasser den Mond küsst."

Beim Teich angekommen, sah Marie das Spiegelbild des Mondes auf dem Wasser. Sie suchte den Rand des Teiches ab, bis sie eine kleine, mit Moos bewachsene Kiste fand.

In der Kiste befanden sich nicht Gold oder Juwelen, sondern alte Fotos, Briefe und handgemachte Spielzeuge. Es war ein Schatz aus Erinnerungen, den Mathilda und Heinrich als Kinder geteilt hatten.

Marie rannte zu ihrer Großmutter und zeigte ihr den Fund. Beide saßen den ganzen Abend zusammen, betrachteten die Fotos und lasen die Briefe. Sie lachten und weinten und spürten die tiefe Verbindung zur Vergangenheit.

Das geheime Tagebuch hatte ihnen nicht nur einen physischen Schatz, sondern auch einen emotionalen Reichtum gebracht - die Erinnerungen und Geschichten, die über Generationen hinweg weitererzählt werden würden.

90. DAS WUNDER DER MEERESPERLE

Am Rand des Ozeans fand Lisa eines Tages eine glänzende blaue Perle. Als sie sie berührte, spürte sie eine kühle Brise und plötzlich konnte sie atmen... unter Wasser! Vorsichtig tauchte sie in die Tiefen des Meeres und entdeckte eine Welt, die sie nie zuvor gesehen hatte.

Bunte Fische schwammen an ihr vorbei, riesige Seetangwälder wiegten sich in der sanften Strömung und in der Ferne sah sie glitzernde Lichter einer Unterwasserstadt. Als sie näherkam wurde sie von einem sprechenden Seepferdchen begrüßt. "Hallo! Du musst die Auserwählte sein. Die Perle hat dich zu uns geführt."

Lisa war erstaunt. „Auserwählt?"

„Ja", antwortete das Seepferdchen. „Alle hundert Jahre erlaubt die Perle einem Menschen, unsere Welt zu besuchen. Du bist die Erste seit langer Zeit."

Lisa wurde durch die Stadt geführt und traf viele freundliche Meeresbewohner: tanzende Quallen, singende Muscheln und eine weise alte Schildkröte namens Orla, die die Geschichten des Meeres kannte.

Orla erzählte Lisa von der Verbindung zwischen ihrer Welt und der menschlichen Welt und wie wichtig es ist, die Ozeane zu schützen. Sie zeigte Lisa auch den glitzernden Korallentempel, in dem die blaue Perle aufbewahrt wurde, bevor sie an den Strand gespült wurde.

Am Ende ihres Besuches wusste Lisa, dass sie eine Botschaft

mit nach Hause nehmen musste. Die Perle gab ihr die Gabe, die Geschichten und das Wissen des Meeres mit den Menschen zu teilen.

Als Lisa wieder auftauchte und die Perle sanft zurück ins Wasser legte, fühlte sie eine tiefe Verbindung zum Ozean. Sie erzählte jedem von ihrer Reise und der Wichtigkeit, das Meer zu schützen.

Und so wurde aus einem gewöhnlichen Mädchen eine Botschafterin der Meere, die mit der Magie der blauen Perle die Herzen der Menschen berührte.

91. DAS BAND DER VIER

In einem kleinen Dorf lebten vier Freunde: Mia, Leon, Sophie und Ben. Sie waren so unterschiedlich wie die Jahreszeiten, und doch verband sie eine tiefe Freundschaft.

Eines Tages entdeckten sie beim Spielen in einem alten Wald eine geheime Höhle. In ihr fanden sie eine Karte, die zu einem verborgenen Schatz führte. Neugierig und abenteuerlustig entschlossen sie sich, den Schatz zu suchen.

Das erste Hindernis war der „Berg der Winde". Die Karte warnte, dass nur der Mutigste den stürmischen Winden trotzen könnte. Leon, mit seinem unerschütterlichen Mut, führte die Gruppe an und schützte sie vor den heftigen Böen.

Dann kamen sie zum „Fluss der Rätsel". Hier musste der Klügste ein Rätsel lösen, um eine Brücke erscheinen zu lassen. Sophie, mit ihrem scharfen Verstand, löste das Rätsel und führte die Gruppe sicher über den Fluss.

Im „Labyrinth der Schatten" konnten sie nur mit Hilfe der Kreativität weiterkommen. Hier zeigte Mia ihre Fähigkeit, kreative Lösungen zu finden und führte die Freunde durch das verwirrende Labyrinth.

Schließlich erreichten sie den „Ort des verborgenen Schatzes". Aber es gab eine letzte Prüfung: Nur derjenige mit dem reinsten Herzen konnte den Schatz sehen. Ben, immer ehrlich und aufrichtig, sah einen leuchtenden Kasten und öffnete ihn.

Zum Erstaunen der Gruppe war der Kasten leer. Stattdessen erschien eine Botschaft: „Der wahre Schatz ist die Freundschaft, die euch hierhergebracht hat."

Die Kinder erkannten die Wahrheit dieser Worte. Ihre gemeinsamen Erfahrungen hatten ihre Bindung noch verstärkt. Sie hatten gelernt, dass sie zusammen alle Hindernisse überwinden konnten und dass ihre vereinten Fähigkeiten sie unschlagbar machten.

Zurück im Dorf erzählten sie von ihren Abenteuern und wurden als Helden gefeiert. Aber das größte Geschenk, das sie mit nach Hause nahmen, war die Erkenntnis, dass die Kraft der Freundschaft das wertvollste Gut auf ihrer Reise war.

92. AUF STERNENREISE MIT TIMMY

Es war eine sternenklare Nacht, als Timmy in seinem gemütlichen Bett lag und zum Fenster hinaufblickte. Die Sterne am Himmel funkelten wie Diamanten, und der Mond leuchtete hell. Timmy konnte einfach nicht einschlafen, denn er träumte davon, zu den Sternen zu reisen.

Plötzlich hörte er ein leises Zischen und Zauberklingeln. Timmy konnte es nicht glauben, aber sein Schrank öffnete sich wie von selbst, und heraus kam ein winziger Raumgleiter, der vor ihm schwebte.

"Steig ein, Timmy!" sagte eine geheimnisvolle Stimme. Timmy zögerte keinen Moment und kletterte in den Raumgleiter. Sofort hob er ab und flog hoch in den Nachthimmel.

Der Raumgleiter brachte Timmy zu den Sternen, und er konnte die Erde von oben sehen. Es war atemberaubend! Timmy flog an bunten Planeten vorbei, die leuchteten wie riesige Bonbons. Der erste Planet, den er besuchte, war der Wasserkristall-Planet. Hier bestanden die Flüsse und Seen aus glitzerndem Diamantwasser. Timmy tauchte seine Hand in das Wasser und fand darin winzige funkelnde Fische.

Als nächstes besuchte er den Gummi-Ball-Planet, auf dem alles so federleicht war, dass er mühelos in die Luft springen konnte. Timmy lachte und hüpfte so hoch, dass er fast die Sterne berührte.

Der dritte Planet war der Schokoladenkuchen-Planet. Hier konnte Timmy große Stücke Schokoladenkuchen essen, so viel er wollte. Er fühlte sich wie in einem Schlaraffenland!

Schließlich landete Timmy auf dem Kuscheldecken-Planet, wo alles weich und gemütlich war. Er rollte sich in eine flauschige Decke ein und döste ein wenig. Die Sterne schienen über ihm, und er fühlte sich sicher und geborgen.

Als Timmy aufwachte, fand er sich wieder in seinem eigenen Bett. Der Raumgleiter hatte ihn sicher nach Hause gebracht. Timmy lächelte und schloss die Augen. Er wusste, dass er diese erstaunliche Reise in den Weltraum niemals vergessen würde.

Mit einem glücklichen Herzen schlief Timmy ein und träumte von den fernen Planeten und den funkelnden Sternen. Und während er schlief, fand er Trost in dem Wissen, dass das Universum voller Abenteuer und Geheimnisse war, die darauf warteten, entdeckt zu werden.

93. DIE FREUNDSCHAFT ZWISCHEN KIKO DEM KANINCHEN UND LULU DEM SCHMETTERLING

In einem zauberhaften Wald namens Blütenwald lebte ein kleines Kaninchen namens Kiko. Kiko war neugierig und fröhlich, aber er fühlte sich manchmal einsam, da er keine Freunde in seiner Nähe hatte. Doch an einem sonnigen Frühlingstag sollte sich alles ändern.

Kiko hoppelte durch den Blütenwald und bewunderte die bunten Blumen, als er auf einen wunderschönen Schmetterling namens Lulu traf. Lulu hatte Flügel so zart wie Seide und schillerte in den schönsten Farben des Regenbogens.

"Hallo, kleiner Kaninchenfreund!", zwitscherte Lulu fröhlich. "Wie heißt du?"

"Ich bin Kiko", antwortete das Kaninchen schüchtern.

Die beiden begannen zu plaudern und stellten fest, dass sie viele gemeinsame Interessen hatten. Sie liebten es, durch den Wald zu hüpfen, Blumen zu sammeln und Geschichten zu erzählen. Kiko und Lulu wurden unzertrennliche Freunde.

Jeden Tag trafen sie sich am großen Eichenbaum im Herzen des Blütenwaldes. Kiko hüpfte aufgeregt um Lulu herum, und Lulu flatterte elegant über Kikos Kopf. Sie hatten die beste Zeit miteinander, und ihr Lachen füllte den Wald.

Einmal, als der Himmel grau und trüb war, tröstete Lulu Kiko. "Mach dir keine Sorgen, mein Freund. Auch wenn der Himmel weint, sind wir zusammen glücklich."

Kiko lächelte und nickte. "Du hast recht, Lulu. Solange wir beieinander sind, gibt es immer Sonnenschein in unserem Herzen."

Die Freundschaft zwischen Kiko und Lulu wurde mit jedem Tag stärker. Sie erlebten viele Abenteuer, entdeckten versteckte Geheimnisse im Wald und halfen einander, wenn sie sich verirrten.

Der Blütenwald war nie mehr derselbe, seit Kiko und Lulu Freunde geworden waren. Ihre Freundschaft erinnerte alle Bewohner des Waldes daran, wie wichtig es ist, Freunde zu haben, die einem in guten und schlechten Zeiten zur Seite stehen.

Und so hüpften Kiko das Kaninchen und Lulu der Schmetterling, Seite an Seite, durch den Blütenwald, immer auf der Suche nach neuen Abenteuern und immer dankbar für die wunderbare Freundschaft, die sie gefunden hatten.

94. DAS GEHEIMNIS DES MAGISCHEN BAUMHAUSES

In einem kleinen Dorf, umgeben von hohen Bäumen, stand ein geheimnisvolles Baumhaus. Niemand wusste genau, woher es kam oder wer es gebaut hatte, aber die Kinder im Dorf nannten es das "Magische Baumhaus". Es war von außen unscheinbar, aber sobald man die Tür öffnete, erlebte man Abenteuer jenseits aller Vorstellungskraft.

Zwei beste Freunde, Emma und Max, waren besonders neugierig auf das Baumhaus. Eines sonnigen Nachmittags beschlossen sie, das Rätsel zu lösen und das Baumhaus zu erkunden. Sie betraten es und fanden sich in einem Raum voller Bücher wieder. In der Mitte des Raums stand ein riesiges Buch mit goldenen Seiten.

Max blätterte vorsichtig darin und las eine Überschrift: "Reise durch die Zeit und den Raum". Ohne zu zögern, berührte er die Seite, und das Baumhaus begann zu wackeln und zu drehen.

Plötzlich befanden sich Emma und Max in einer prähistorischen Welt, umgeben von Dinosauriern. Sie staunten über die majestätischen Kreaturen und lernten viel über die Vergangenheit der Erde.

Nach einer aufregenden Zeitreise kehrten sie ins Baumhaus zurück und blätterten in ein anderes Buch. Dieses Mal fanden sie sich in einem Zauberwald wieder, in dem Tiere sprechen konnten und Bäume lebendig waren. Sie halfen einem freundlichen Eichhörnchen, seine verlorenen Nüsse zu finden, und wurden mit einem Zaubertrank belohnt, der sie schrumpfen ließ, um die Welt aus einer neuen Perspektive zu erleben.

Die Abenteuer im Baumhaus gingen weiter. Sie erkundeten Unterwasserstädte, flogen auf dem Rücken von Drachen über Vulkane und besuchten eine geheimnisvolle Stadt in den Wolken. Jedes Buch führte sie in eine andere fantastische Welt.

Emma und Max lernten nicht nur viel über die Welt, sondern auch über sich selbst. Sie wurden mutiger, kreativer und entwickelten eine tiefe Freundschaft. Das Baumhaus brachte sie immer wieder sicher nach Hause, egal wohin ihre Reisen sie führten.

Eines Tages beschlossen sie, ein eigenes Abenteuerbuch zu schreiben, um ihre Erlebnisse festzuhalten und mit anderen Kindern zu teilen. Sie hofften, dass auch andere Kinder das Geheimnis des Magischen Baumhauses entdecken würden und genauso viele aufregende Abenteuer erleben könnten wie sie.

Und so endete die Geschichte von Emma und Max nicht im Baumhaus, sondern lebte in den Geschichten und Träumen von vielen Kindern weiter, die das Magische Baumhaus besuchten und auf fantastische Reisen gingen.

95. DER SANFTE SCHNARCHDRACHE

In einem weit entfernten Tal, in dem magische Kreaturen lebten, gab es einen kleinen Drachen namens Drago. Drago war nicht wie die anderen Drachen. Er war winzig und hatte sanfte, bunte Schuppen anstelle von scharfen, dunklen. Aber das Besondere an Drago war sein Schnarchen.

Jede Nacht, wenn Drago schlief, schnarchte er so laut, dass die Bäume wackelten und die Vögel aus ihren Nestern fielen. Seine Schnarchgeräusche waren wie ein donnerndes Gewitter, das das ganze Tal erschütterte. Dies bereitete den anderen magischen Wesen große Unannehmlichkeiten, denn sie konnten vor lauter Lärm nicht schlafen.

Die Elfen, Feen und Zwerge im Tal waren verzweifelt. Sie baten Drago immer wieder, leiser zu schnarchen, aber er konnte es einfach nicht kontrollieren. Drago war traurig, dass er seine Freunde nicht schlafen ließ, aber er wusste nicht, wie er sein lautes Schnarchen stoppen sollte.

Eines Tages hörte Drago von einem weisen alten Eulenmagier namens Elio, der in einem verzauberten Wald lebte. Elio war bekannt für seine magischen Fähigkeiten und sein Wissen über alle möglichen Probleme der magischen Wesen. Drago beschloss, Elio um Hilfe zu bitten.

Er machte sich auf den Weg zum verzauberten Wald und fand schließlich die Eulenmagier-Höhle. Elio hörte sich Drago's Problem geduldig an und lächelte dann freundlich.

"Mein lieber Drago, du bist nicht der einzige Drache, der mit diesem Problem kämpft", sagte Elio. "Aber ich kann dir helfen, sanft zu schnarchen, damit du deine Freunde nicht mehr weckst."

Elio lehrte Drago eine spezielle Atemtechnik und zeigte ihm, wie er seine Schnarchgeräusche in leises Schnurren verwandeln konnte. Drago übte fleißig und lernte, wie er sanft schnarchen konnte.

Als er in sein Tal zurückkehrte, schlief Drago in dieser Nacht leise und friedlich. Die anderen magischen Wesen konnten endlich wieder ruhig schlafen, ohne von seinem lauten Schnarchen gestört zu werden.

Drago war glücklich, dass er seine Freunde nicht mehr weckte, und fühlte sich besser in seiner Haut. Er wusste nun, dass es wichtig war, Rücksicht auf die Bedürfnisse anderer zu nehmen und sich gegenseitig zu helfen.

Von diesem Tag an wurde Drago der "Sanfte Schnarchdrache" genannt, und er lehrte seine Freunde die Kunst des sanften Schnarchens, damit auch sie friedlich zusammenleben konnten. Und im Tal der magischen Wesen herrschte von da an Ruhe und Harmonie, dank Drago und seiner neuen Fähigkeit.

96. DIE SCHATZSUCHE AUF DER GEHEIMNISVOLLEN INSEL

An einem sonnigen Sommertag versammelten sich vier abenteuerlustige Freunde namens Emma, Max, Mia und Luca am Ufer eines kleinen Hafens. Sie hatten eine alte Schatzkarte gefunden, die auf eine einsame Insel zeigte, die nur wenige Kilometer entfernt im glitzernden Ozean lag. Die Karte versprach einen unermesslichen Schatz, der darauf wartete, entdeckt zu werden.

Die Kinder beschlossen, das Abenteuer anzunehmen, und mieteten ein kleines Boot, um zur geheimnisvollen Insel zu gelangen. Als sie die Insel erreichten, stellten sie fest, dass sie von dichtem Dschungel bedeckt war und von riesigen Palmen gesäumt wurde. Es schien, als sei diese Insel seit Ewigkeiten unberührt.

Bewaffnet mit Schaufeln und einer unerschütterlichen Entschlossenheit machten sich die Freunde auf die Suche nach dem Schatz. Die Schatzkarte zeigte auf einen Ort, an dem fünf große Steine in einem Kreis angeordnet waren. Nach stundenlanger Suche fanden sie schließlich den geheimnisvollen Steinkreis.

Dort begannen sie zu graben, und nach einer Weile stieß Max auf etwas Hartes. Es war eine Truhe aus altem Holz, mit verzierten Schnitzereien und einem prächtigen Schloss. Die Kinder öffneten die Truhe mit klopfenden Herzen und fanden darin Goldmünzen, funkelnde Edelsteine und kostbare Juwelen.

Ihre Augen leuchteten vor Freude, als sie den Schatz betrachteten. Aber sie wussten, dass sie diesen Reichtum nicht für sich behalten konnten. Stattdessen beschlossen sie, einen Teil des Schatzes für wohltätige Zwecke zu spenden und damit anderen Kindern zu helfen.

Mit ihren Taschen voller Schätze kehrten sie zur Küste zurück und fanden einen Fischer, der sie zurück zum Hafen brachte. Die Kinder teilten ihre Geschichte mit den Einwohnern des Dorfes und erzählten von ihrem Entschluss, Gutes zu tun.

Am Ende des Tages fühlten sich Emma, Max, Mia und Luca nicht nur reich an Schätzen, sondern auch reich an Freundschaft und Glück. Sie hatten ein aufregendes Abenteuer erlebt und gelernt, dass wahre Schätze nicht immer aus Gold und Edelsteinen bestehen, sondern oft in den Herzen von Freunden und in guten Taten zu finden sind.

Und so endete ihre Schatzsuche auf der geheimnisvollen Insel mit einem Lächeln und der Gewissheit, dass sie gemeinsam Großartiges erreichen konnten.

97. DAS ABENTEUER VON KIKI, DEM KLEINEN KÄTZCHEN

In einer ruhigen, kleinen Stadt lebte eine Katzenfamilie in einem gemütlichen Haus. Die Katzenmutter, Mia, hatte drei niedliche Kätzchen, von denen eines Kiki hieß. Kiki war das neugierigste von allen und liebte es, Abenteuer zu erleben.

Eines sonnigen Morgens, als Mia schlief, beschloss Kiki, die Welt außerhalb des Hauses zu erkunden. Er schlüpfte leise durch die Katzentür und stand plötzlich in einer großen, aufregenden Großstadt.

Die Stadt war voller Menschen, Autos und hoher Gebäude. Kiki war fasziniert, aber auch ängstlich. Er wusste nicht, wie er nach Hause zurückkehren sollte. Doch seine Abenteuerlust trieb ihn weiter, und er begann, die Stadt zu erkunden.

Auf seiner Reise traf Kiki auf freundliche Tauben, die ihm den Weg wiesen, und freundliche Hunde, die ihm Gesellschaft leisteten. Aber trotzdem vermisste er seine Mutter und seine Geschwister sehr.

Während seiner Suche traf er auch eine nette Frau namens Emily, die ihn streichelte und ihm Wasser und Futter gab. Emily erkannte, dass Kiki verloren gegangen war, und beschloss, ihm zu helfen. Sie brachte ihn zu einem Tierheim, in der Hoffnung, dass seine Familie ihn dort finden würde.

In der Zwischenzeit hatte Mia, Kikis Mutter, bemerkt, dass ihr kleines Kätzchen verschwunden war. Sie durchsuchte das ganze Haus und rief nach Kiki, aber er war nirgends zu finden. Mia war besorgt und traurig.

Eines Tages, als Emily die Zeitung las, sah sie ein Foto von Kiki in einer Anzeige für vermisste Haustiere. Sie wusste, dass sie das verlorene Kätzchen gefunden hatte, und rief sofort Kikis Familie an.

Mia und Kikis Geschwister kamen ins Tierheim, und es war ein herzzerreunendes Wiedersehen. Kiki war überglücklich, seine Familie wiederzusehen, und Mia konnte ihre Tränen der Freude nicht zurückhalten.

Die Familie kehrte nach Hause zurück, und Kiki hatte genug von Abenteuern für eine Weile. Er wusste jetzt, dass es nichts Wichtigeres gab als die Liebe und Geborgenheit seiner Familie. Und so verbrachten sie die Abende zusammen, kuschelten sich aneinander und genossen die Wärme ihres Zuhauses.

Obwohl Kiki sein aufregendes Abenteuer in der Großstadt nie vergessen würde, wusste er, dass er nun den kostbarsten Schatz gefunden hatte - die Liebe seiner Familie.

98. DAS GEHEIMNIS DES BETTKÖNIGREICHS

In einem kleinen, verschlafenen Dorf namens Traumville lebte ein neugieriges Mädchen namens Lina. Lina war immer auf der Suche nach Abenteuern und Geheimnissen. Aber das größte Geheimnis lag direkt unter ihrem Bett.

Eines Nachts, als Lina in ihrem Schlafzimmer lag und von Abenteuern träumte, hörte sie ein leises Klopfen unter ihrem Bett. Vorsichtig kroch sie hinunter und entdeckte eine geheime Tür, die zu einem magischen Königreich führte.

Hinter der Tür fand Lina ein wundersames Land voller leuchtender Wälder, schwebender Inseln und freundlicher Kreaturen. Sie wurde von den Bewohnern des Bettkönigreichs, den knuffigen Wogglewumps und den glitzernden Glitterpixies, herzlich begrüßt.

Die Wogglewumps waren flauschige, bunte Wesen, die immer lächelten, und die Glitterpixies hatten funkelnde Flügel und konnten zaubern. Sie erzählten Lina von ihrer Aufgabe, das Bettkönigreich vor einem schrecklichen Schatten zu retten, der drohte, das Land in Dunkelheit zu stürzen.

Lina stimmte sofort zu, zu helfen, und begab sich mit ihren neuen Freunden auf eine abenteuerliche Mission. Sie durchquerten den leuchtenden Wald, bestiegen die schwebenden Inseln und begegneten magischen Wesen wie dem singenden Mondfrosch und dem weisen Baum der Träume.

Auf ihrer Reise lernte Lina, wie man mutig war und Vertrauen in sich selbst hatte. Sie überwand Hindernisse und half den Wogglewumps und Glitterpixies, das magische Amulett zu finden, das den Schatten besiegen konnte.

Am Ende ihrer Reise standen sie vor einer riesigen, dunklen Höhle, in der der Schatten hauste. Lina und ihre Freunde wagten sich hinein und konfrontierten den Schatten mit dem magischen Amulett. Ein helles Licht brach hervor, und der Schatten verschwand, als hätte er nie existiert.

Das Bettkönigreich erstrahlte in hellem Glanz, und die Bewohner jubelten vor Freude. Lina hatte das Königreich gerettet und war zu einer wahren Heldin geworden.

Als Lina schließlich wieder durch die geheime Tür unter ihrem Bett zurückkehrte, fand sie sich in ihrem eigenen Zimmer wieder. Sie lächelte, denn sie wusste, dass das Bettkönigreich immer dort war, wenn sie Abenteuer und Geheimnisse suchte. Und sie wusste auch, dass sie nie allein sein würde, solange sie Freunde wie die Wogglewumps und Glitterpixies hatte, die auf sie warteten, um gemeinsam auf neue Missionen zu gehen.

99. DIE PRINZESSIN UND DER MUTIGE RITTER

In einem fernen Königreich namens Glanzheim lebte eine mutige Prinzessin namens Amelie. Sie war nicht wie die gewöhnlichen Prinzessinnen, die den ganzen Tag in ihren Gemächern verbrachten. Amelie liebte Abenteuer und träumte davon, ihr Königreich zu beschützen.

Eines Tages erfuhr Amelie von einem dunklen Geheimnis: Der verzauberte Wald von Glanzheim, der einst ein Ort des Friedens und der Schönheit war, war von einer finsteren Magie befallen worden. Die Bäume wurden traurig und die Blumen verblassten. Das Königreich begann zu welken.

Amelie wusste, dass sie handeln musste, um ihr geliebtes Königreich zu retten. Sie beschloss, in den verzauberten Wald zu gehen und herauszufinden, was geschehen war. Doch sie konnte das nicht allein tun.

In einem nahegelegenen Dorf lebte ein mutiger junger Ritter namens Finn. Er hatte von Amelies Entschlossenheit gehört und beschlossen, ihr bei ihrer gefährlichen Mission zu helfen. Gemeinsam machten sie sich auf den Weg in den verzauberten Wald.

Der Wald war düster und geheimnisvoll. Bäume bewegten sich wie schattenhafte Gestalten, und seltsame Geräusche hallten durch die Luft. Amelie und Finn wurden von einem dichten Nebel umhüllt, der ihre Sicht einschränkte.

Trotz der Gefahren gaben die beiden nicht auf. Sie folgten einem schwachen Lichtschein, der sie tiefer in den Wald führte. Dort trafen sie auf eine alte Eule namens Elyra, die ihnen erzählte, dass der verzauberte Wald von einem bösen Zauberer namens Malgrim heimgesucht wurde. Malgrim hatte das Herz des Waldes gestohlen und ihn in Dunkelheit gehüllt.

Amelie und Finn wussten, dass sie Malgrim besiegen und das Herz des Waldes zurückbringen mussten. Mit Elyras Hilfe fanden sie den Weg zum Versteck des Zauberers.

Eine epische Schlacht begann, bei der Amelie und Finn all ihren Mut und ihre Klugheit einsetzten, um Malgrim zu besiegen. Mit vereinten Kräften gelang es ihnen, den Zauberer zu vertreiben und das Herz des Waldes zurückzubringen.

Sobald das Herz des Waldes wieder an seinem Platz war, erstrahlte der verzauberte Wald in einem wunderbaren Licht, und die Blumen blühten in den schönsten Farben. Das Königreich Glanzheim erholte sich, und die Bewohner jubelten vor Freude.

Amelie und Finn kehrten als Helden nach Glanzheim zurück und wurden von ihren dankbaren Untertanen gefeiert. Sie hatten bewiesen, dass Mut und Zusammenarbeit selbst die stärkste Dunkelheit besiegen können.

Von diesem Tag an regierten Prinzessin Amelie und Ritter Finn gemeinsam über Glanzheim und sorgten dafür, dass das Königreich immer in Glanz und Frieden erstrahlte. Und die Legende von ihrer Tapferkeit und ihrem Zusammenhalt wurde in den Geschichten des Königreichs für immer weitergegeben.

100.   DIE REISE DES STERNENBALLONS

Es war ein klarer und strahlender Sommertag, als zwei beste Freunde namens Mia und Ben in ihrem Garten spielten. Sie hatten eine aufregende Idee: Sie wollten ihren eigenen Ballon steigen lassen und hoch in den Himmel fliegen lassen, um die Wolken und Sterne zu beobachten.

Die beiden Kinder rannten ins Haus und suchten nach Materialien, um ihren Traum wahr werden zu lassen. Sie fanden einen alten Luftballon, farbenfrohes Papier, eine Rolle Klebeband und eine Schnur. Gemeinsam bastelten sie einen wunderschönen Sternenballon, den sie mit Helium füllten, um ihn schweben zu lassen.

Als der Ballon bereit war, gingen Mia und Ben in den Garten und ließen ihn sanft in die Luft steigen. Der Ballon stieg höher und höher und schwebte schließlich in die blauen Weiten des Himmels. Die beiden Kinder schauten dem Ballon nach und freuten sich darüber, dass er ihren Wunsch erfüllen würde, die Wolken und Sterne aus der Nähe zu sehen.

Der Ballon flog durch die Wolken, die wie flauschige Wattebäusche aussahen. Mia und Ben staunten über die Formen und Muster, die die Wolken am Himmel bildeten. Sie lachten und fühlten sich, als würden sie auf einem fliegenden Teppich durch den Himmel reisen.

Als die Sonne langsam unterging und der Himmel dunkler wurde, konnten Mia und Ben die ersten Sterne am Himmel sehen. Sie leuchteten hell und funkelten wie Diamanten. Die

Kinder fühlten sich winzig in der unendlichen Weite des Universums.

Der Sternenballon führte sie höher und höher, bis sie die Erde unter sich nur noch als winzigen Punkt sehen konnten. Sie waren in den Tiefen des Nachthimmels angekommen und wurden von den Sternen umgeben.

Mia und Ben kuschelten sich eng aneinander und beobachteten die Sterne, während der Ballon sanft durch die Nacht schwebte. Sie erzählten sich Geschichten über die Sterne und wünschten sich, dass ihre Träume wahr werden würden.

Schließlich begann der Sternenballon langsam zu sinken und landete sicher im Garten der beiden Freunde. Mia und Ben stiegen aus dem Korb und sahen sich lächelnd an. Ihre Reise durch den Himmel hatte ihnen gezeigt, wie wunderbar und grenzenlos die Welt ist.

Die beiden Kinder wussten, dass sie diese magische Reise niemals vergessen würden. Sie schauten noch einmal zum Himmel hinauf, winkten den Sternen zu und gingen Hand in Hand ins Haus zurück, erfüllt von der Schönheit des Universums und der Freude an ihrer gemeinsamen Reise.

Made in the USA
Las Vegas, NV
12 December 2024

14023144R00115